講談社文庫

三姉妹、さびしい入江の歌

三姉妹探偵団25

赤川次郎

講談社

三姉妹、さびしい入江の歌——目次

プロローグ　9
1　帰り路《みち》　19
2　昼と夜　34
3　生れ変る　54
4　消えた時間　70
5　口笛　89
6　夜の客　110
7　孤独な影　126
8　一人一人の秘密　140
9　オープニング　156
10　空間　172
11　夢の跡　193
12　恐怖　209

13　逃走　225
14　計画　246
15　紅葉《もみじ》の日　262
16　案内図　276
17　すれ違い　296
18　暗黒　311
19　その日が明けて　328
20　紅葉の山へ　344
21　銃口の前　377
エピローグ　399
解説　山前 譲　404

三姉妹、さびしい入江の歌

三姉妹探偵団25

プロローグ

雨はいつ止むとも知れなかった。

二人とも、服はすっかり濡《ぬ》れて、肌まで冷え切っていた。

しかし、どちらも雨の冷たさを感じてはいなかったのだ。

一人は、もう感じることができず、地面に伏《ふ》して息絶えていたし、もう一人はただ呆然《ぼうぜん》として、冷たさを感じるには感覚が麻痺《まひ》していたのである。

立っていた男は、倒れている女が、いつか起きて立ち上ってくるのではないかと、半《なか》ば恐れ、半ば切望しながら待っていた。

だが、いくら待っても、そんなことは起らなかった。

当然だろう。刃物で心臓をひと突きされたら、誰だって、起き上れるはずもない。

男は、手からナイフが落ちたのにも気付かなかった。

「終った……」

という言葉が、男の 唇《くちびる》から洩《も》れた。

雨とはいえ、そこは決して人里離れた林の中などではなく、人が行き来する道だった。夕方近くても、まだ充分に明るく、なぜ誰も通らないのか、男はふしぎでならなかった。

「誰か……誰か来てくれ」

と、呟《つぶや》きながら左右を見回したが、人影はない。

「誰か……。俺を捕まえてくれ……」

しばらく立ち尽くしていたが、誰も道をやっては来なかった。

「どうなってるんだ?」

次第に感覚が戻って来ると、寒さに身震いした。——このままじゃ、凍《こご》え死んでしまうかもしれない。

男は歩き出した。逃げるでもなく、駆《か》けるでもなく、ただ、歩き出したのである。

しばらく歩くと、目の前に華やかに照明を灯《とも》したショッピングセンターが現われた。

気が付くと、辺りは少し暗くなり始めていた。――もうそんな時間か。ショッピングセンターの中へ入ると、フワッと暖い風が体を包んだ。その分、体がすっかり濡れて冷え切っていることが実感されて、

「着替えないと、風邪《かぜ》引くな」

と呟いて、洋服の売場へと足を向けた。

ともかく下着まで濡れているので、パンツからシャツ、靴下《くつした》、上着……。すべて一つずつ買って行った。

靴も、雨が中に入って気持悪かったので、買った。

全部を持って化粧室へ入ると、仕切りの中で裸になり、パンツから新しく身につけた。

タオルも買っておいたので、ちゃんと濡れた体を拭《ふ》いていた。

すべてを身につけると、生れ変ったような気分だ。脱いだものは、買物袋の中へ押し込んで、化粧室を出るときに屑《くず》入れに捨てた。

髪はまだ濡れていたが、ドライヤーは買っても持ち歩くのが大変だろうと思ったので、結局タオルで拭くだけにした。

ふしぎな気分で、男は手すり越しに、広いエントランスロビーを見下ろした。

大勢の人が行き来している。しかし、その誰一人も、雨に打たれて死んでいる女のことなど知らないのだ……。

「——そうか」

俺はここで死んではいけないのだ。

彼女の死体のそばにいるときは、誰も通りかからなかったし、今こうして大勢の客を見下ろしていても、誰一人俺のことを知らない……。

「もう少し生きていろ」

天は彼にそう命じているのだ。

ではどこで？

どこなら死ねるのだろう？

示して下さい。「そこがお前の死に場所だ」と。

その時、ふと小さな入江の風景が、男の脳裏に浮んだ。

それは唐突に、しかしくっきりとしたイメージとなって浮んだのである。

あの入江。——あの入江だ。

あそこしか、俺の行く場所はない。

そう思い定めると、男は、

「今、捕まるわけにいかない」

と、急に周囲を見回して、急いでエスカレーターの方へと歩いて行った。

途中、並んで歩いていた三人の女の子たちの間を突っ切って、一人の子の持っていた紙袋を叩き落とすようなことになったのだが、全く気にしなかった。


「――何よ、危いわね！」

と、紙袋を叩き落とされた佐々本珠美《ささもとたまみ》は腹を立てて、その男の後ろ姿をにらんだ。

「何だか、ずいぶん急いでたわね」

と、夕里子《ゆりこ》が言った。

佐々本夕里子は高校二年生、三女の珠美は中学三年生だった。

もう一人？　そうそう。忘れるところだった。

佐々本家の三人姉妹の長女、大学生の綾子《あやこ》は、あまり人の目をひかない娘である。

「あの人……」

「え？　何か言った？」

「今、一瞬だけど目が合ったの」

と、綾子は言った。

「私は袋を落とされたよ」

と、珠美が言った。

「あの目は……。あの人、人を殺して来たような気がする」

綾子の言葉に、夕里子は眉《まゆ》をひそめて、

「ちょっと！　やめてよ。お父さんが海外出張してると、ろくなことないんだから」

母親のいない佐々本家では、しっかり者の夕里子が母親代りである。

「国友《くにとも》さんに知らせる？」

と、珠美がひやかすように言った。

国友刑事は夕里子の「彼氏」である。これまでにも散々色々な事件に三姉妹一緒に巻き込まれて来た。

「証拠もないのに、そんなこと言えないわよ」

夕里子は苦笑して、「大体、あの男の人、もう行っちゃったよ」

「そうね……。気のせいかしら」

綾子はすぐ納得してしまうが、却《かえ》って夕里子としては気になっている。

姉の綾子はぼんやりで、長女といっても頼りないのだが、何か直感的に物事を捉《とら》える才能があるようで、これまでにも姉のポツリと言ったひと言が真実を言い当てていることが何度かあったのである。

「珠美、今の男の人の顔、憶《おぼ》えてる？」

「分んないよ！　私、メール読んでたから」

「じゃ、仕方ないね」

夕里子も、ほとんど男の顔は見ていなかった。

もちろん、別に目の前に死体が転《ころ》がっているわけではなく、ただ綾子の考え過ぎかもしれないのだが……。

夕里子が心配しているのは、佐々本家の父親は仕事で海外出張することが多く、なおかつ、その間に留守を守る三人が何かの事件に巻き込まれるのが、よくあるパターンだったからである。

三人は、親戚の家に用事で行った帰りで、このショッピングセンターで夕食をとることにしたのだった。

「お腹空いたよ！」

と、珠美が言った。「私、焼肉がいい」

「健康のためにはサラダよ」

と、綾子が主張する。

「まだ育ち盛りよ、珠美は」

と、夕里子が言った。「じゃ、この上の階のレストラン街に行ってみよう。焼肉もあるよ」

特に反対もなく、三人はエスカレーターで一つ上のフロアに上った。

いくつも店が入っているが、一番混んでいるのは、洋食屋。

「じゃ、焼肉にしようか」

と、一通り見て回ってから、夕里子は言った。「お姉さんもいい？」

「異議なし」

「決定！」

と、珠美は、「やった！」という顔で、「特上ロースとランプ肉！」

「ぜいたくね」

財布《さいふ》を預かっている珠美が「払う」と言っているのだから大丈夫。

焼肉屋は少し時間が早いので、まだ楽々座れた。

メニューを眺めて、オーダーしようと人を呼ぶと……。

突然、マスクをしてサングラスをかけた男が店に飛び込んで来た。そして、

「金を出せ！」

と、怒鳴《どな》ったのである。「聞こえたのか！　金を出せ！」

手にはナイフを持っているが——その手はプルプル震えていた。

「おい！　レジの金を出せ！」

と、男が店の奥へと入って行き、夕里子たちのテーブルの傍《そば》を通り過ぎようとした。

夕里子が素早く足を出して、男の足を引っかける。男が前のめりに転んで、ナイフを落とした。

珠美が立ち上って、席に置いてあったスチールのお盆をつかむと、

「ヤッ！」

と、ひと声、お盆で男の頭を叩いた。

お盆がペコンと、へこむほどの力だった。

「いてえ……」

男は頭を抱えて動けなくなった様子。

「警備の人、呼んで下さい」

と、夕里子が言った。

店の人があわてて駆け出して行く。

「――もう、いやだ！」

と、夕里子が嘆いた。「お父さんがいなくなると、早速これだもん。これで済めばいいけど……」

とりあえず、この場はお店の方が、

「タダにします！」

と言ってくれて、三人を喜ばせたのだったが……。

むろん、これだけでは済まなかったのである。

1　帰り路《みち》

昼間は、晩秋《ばんしゅう》のしとしとと降る冷たい雨だったのだが、夜になって雨足は強まった。傘を打つバタバタという音はやかましいほどで、路面にはねる雨で足首までびしょ濡れだった。靴の中にも雨が入って、指先の感覚がなくなるほど凍えている。

佐知子《さちこ》は、どう急いでも夕食の仕度《したく》には間に合わないと諦《あきら》めて、少しでも体が濡れないようにしようと肩をすぼめて歩いていた。

今はただ深い闇にしか見えない海からは、いつもなら低い波の響きが絶え間なく聞こえて来るのに、今夜は雨の音にかき消されてしまっている。

町の灯《ひ》は遠くに見えていたが、いくら歩いても一向に近付いて来ないようだ。

「わ……」

思わず声を上げたのは、雨がひとしきり激しくなったからで、手にした傘を叩き落とさんばかりだった。

こんなひどい雨って……。

小さな街灯が揺れていた。ちょうど町外れの神社の前に来ている。

こんなひどい降り、そういつまでも続かないだろう。佐知子は、敷石《しきいし》を踏んで神社の中へと入って行った。

神社といっても、今は神主もいない、ただの廃墟《はいきょ》である。

でも屋根のある社《やしろ》は残っている。——佐知子は格子戸を開けると、中に入った。

「ああ……」

当然真暗だが、ともかく雨だけはさけられる。たたんだ傘からザーッと水が落ちた。

その時、雷鳴が聞こえた。

「こんな時期に……」

ここ数年、本当に天気がおかしい。

N町の〈ホテル犬丸《いぬまる》〉の女主人、犬丸和代《かずよ》などは、

「天気がこうじゃ、お客も来ないよ」

と、不景気を天気のせいにしている。

もっとも、和代にかかるとどんなこともグチの種になるのだったが。

今もきっと、佐知子のことを、

「全く、役に立たない子だよ！」

と、グチっているに違いない。「あんな役立たずを食べさせてやってるんだから、儲《もう》かるわけはないよ」

佐知子は、〈ホテル犬丸〉の下働きをしている。今、二十一歳。たぶん。

たぶん、というのは、佐知子はだいたい一歳くらいのときに、あの町の役場の前に置き去りにされていたからである。だから正確な年齢が分らない。

誕生日も分らないので、「ハッピーバースデー」と歌ってもらったことはない。

着ていた古いオーバーに、〈矢澄《やずみ》佐知子〉と書かれた布が縫《ぬ》いつけてあったので、そのまま名前になった。

果してそのオーバーが本当に自分のものだったかどうかも分らないのだが、もう二十年もたった今となってはどうでもいいことだ。

「キャッ」

と、稲光りに首をすぼめる。

少し遅れて、足下を揺がすような雷鳴が聞こえた。――雷は苦手だった。

また光るかも……。佐知子は戸口の方に背を向けて、両手で耳をふさいだ。

数秒して――さらにまぶしいほどの雷が光った。
一、二秒、その社の中にも白い光が差し込んだ――。
佐知子は、今度は声さえ上げられずに飛び上ってしまった。

白い光の中に、床に倒れている男の姿が浮かび上ったのである。

再び暗くなったものの、気が付くと、その男のぼんやりとした姿は見えていた。

「誰か……」

と、その男が、かすれた声を出した。

お化けじゃなかった！

「あの――どうしたんですか？」

「助けを……。医者を呼んでくれ……」

と、かなり老齢らしい男は言った。「心臓が……苦しい……」

「分りました。あの……少し待ってて下さいね！」

それが間違いなく人間だと分ると、却って佐知子は落ちついた。二十一歳とはいえ、ずっと〈ホテル犬丸〉で働いて来た身である。

一刻を争う。そう判断した佐知子は、雨の中へと飛び出して行った。

ここまで濡れたら同じだ。傘を放り出して、一気に町へと走った。

一番近いのは〈ホテル犬丸〉だが、女主人の和代にでも会ったら、くどくどと文句を言われて時間がかかるに決っている。

佐知子は、町の中央にある病院へと走った。ホテルで急な病人が出ることもあり、佐知子はここの医師をよく知っていた。

「——お願いします！　先生！」

病院の中へ駆け込んで、佐知子は叫んだ……。


「全く、お前って子は……」

犬丸和代は、険《けわ》しい表情で佐知子をもう三十分以上叱り続けていた。

「すみません」

「謝りゃすむと思ってるのかい！」

と、甲高い声で言った。「お前がどこかで怠《なま》けてる間、他の子たちがどんなに大変な思いをしてたか……」

佐知子はうなだれて立っていたが、叱られるのは慣れている。あの男の人はどうしたかしら、と考えていた。

先生がすぐに行ってくれたので、何とか助かってほしいけど……。

「お前の今月のお休みはなしだ。いいね」

と、和代は言った。

「はい」

「そんなびしょ濡れの服で。床が濡れるだろ。着替えといで」

そこへ、

「女将《おかみ》さん。先生が」

と、オフィスへ顔を出したのは、番頭の永田《ながた》だった。

医師の木之内《きのうち》が入って来た。

「まあ、先生、いらっしゃい」

と、和代は打って変ってニコニコしながら、

「そろそろおいでになるかと思ってましたわ。同窓会を今年もぜひうちで。お願いしますよ」

「それどころじゃなかろう」

と、白髪の木之内医師は六十になったところだ。「佐知子ちゃん、あの人は助かっ

たよ」

「そうですか！　良かった」

「むろん、油断はできんが、とりあえずうちに入院させている。君が知らせてくれなかったら、今ごろは死んでいただろう」

「間に合って良かったです」

二人の話を聞いて、和代はちょっと面白くなさそうに、

「じゃ、本当だったんですね。てっきり、この子の作り話かと――」

「おい、女将。とんでもないことだぞ」

「何がです？」

「神社で倒れていたのは、ここに泊ってる大杉栄一《おおすぎえいいち》さんだ」

「え？　あの――特別室の？」

「そうだ。具合が良くないので、ここの者に医者を訊いたら、誰か知らんが逆の方向を教えた。それで町外れに行って大雨で動けなくなっているところへ心臓の発作だ。この子が見付けていなかったら大変なことになるところだ」

「そんな……。ちょっと！　永田！」

「叱るのは後でいい。明日になったら、大きな町の病院へ移す。お前は佐知子ちゃん

に感謝しなきゃいかんぞ」

和代は顔をしかめて、佐知子へ、

「何ぐずぐずしてるんだい！　早く着替えといで！」

「待て」

と、木之内が佐知子の服を見て、「濡れたままなのか？　風邪をひくぞ。女将、このままでずっと叱言《こごと》を言ってたのか」

「先生。この子を甘やかさないで下さい。何かといやあ、すぐサボってばかりいる子なんです」

木之内は佐知子の額《ひたい》に手を当てて、

「熱がある。寒気は？」

「少し……」

「当り前だ。——一緒に来い。一晩病院で寝るといい」

「いえ……。大丈夫です」

「今でも三十八度はあるぞ。点滴しよう。——いいな？」

和代は渋々、

「お好きなように」

木之内が、佐知子を連れてオフィスを出ようとして、

「明日、大杉さんの秘書がここへ来て、荷物を引き取るそうだ。部屋代も払うとおっしゃっていたが、受け取るなよ」

「はあ……。先生」

「何だ」

「何なんですか、あの大杉って人？」

木之内は呆れたように、

「知らんのか？〈Gファッション〉を知ってるだろう。TVでもCMをやってる大手の婦人服メーカーだ。あの人はその会長だ」

「まあ……」

さすがに和代はポカンとしている。

佐知子は木之内医師について〈ホテル犬丸〉を出ると、医師の車で病院へと向った。

そして、車が病院に着いたときには、もう高熱で歩けなくなっていたのだった……。

「一体誰なの！」

と、犬丸和代はヒステリックな声をあげた。

前に並んだ〈ホテル犬丸〉の従業員たちは、みんな首をすぼめ、目を伏せている。

「訊《き》いてるんだよ！　答えなさい！」

和代はただでさえ尖った口調を、いつもの倍もとげとげしくさせて、「あのお客に病院と逆の方を教えたのは誰なの！」

「あの……女将さん」

と、番頭の永田がおずおずと言った。

「何よ」

「そうガミガミおっしゃっても……。誰も怖くて言えませんよ。それに、わざと逆の方向を教えるなんて……。そんなことしません。大方、お客様が勘違いされて……」

「お客にそう言うのかい？　あんたが間違えたんでしょ、と」

「それはまあ……」

オフィスの中で、さっきから和代は怒鳴りっ放しだった。

「もしも、うちが訴えられたりしたら、どうするんだい！　向うは大会社だ。弁護士だってついてるだろうし」

と、文句を続けていると、オフィスへフラリと入って来たのはセーターにジーンズのヒョロリとした若者で、

「母さん、怒鳴り声が廊下《ろうか》どころかロビーまで聞こえてるぜ」

と言った。「客がびっくりしてる」

「だって、お前……。ね、宗和《むねかず》」

「うん？」

「お前、知らない？」

和代が息子に大杉栄一の件を話すと、

「ああ、あのじいさんか」

と、宗和は笑って、「それ、俺だよ」

和代がポカンとして、

「お前が？」

「何かヨタヨタしてて、面白いから、わざと逆の方を教えてやったんだ。どうしたって？」

しばし、オフィスの中は静まり返った。

「——どうしたんだ？」

と、宗和が目をパチクリさせている。

和代は胸を張って、

「みんな仕事に戻るんだよ！」

ワッと人がいなくなる。——永田だけが残っていた。

「母さん——」

「お前……。とんでもないことなんだよ！」

大杉栄一が何者か、どうなったかを話してやると、さすがに宗和も渋い顔になって、

「知らなかったな！　そんな大物だったの？」

「よりによって……。何てことしてくれたのさ！」

「そんな奴がどうしてうちに泊ってたんだ？」

「知るもんか。——困ったね」

と、和代はため息をついた。

「でも、死んだわけじゃないんだろ？　黙ってりゃ分りゃしないよ」

和代はしかめっつらで、

「そうだね……、調べたけど、どうしても誰が言ったか分らなかった、ってことにし

よう。永田、お前も承知しといて」

「分りました」

番頭の永田は不安げに、「このまま済めばよろしいですが……」

「いやなこと言わないで。――ともかく、明日、荷物を取りに来るっていう秘書に、酒でも飲ませてやりな」

和代はそう言って、「――安い酒でいいからね」

と、付け加えた。

「じゃ、佐知子も入院してるのか」

と、宗和が言った。

「木之内先生が連れてっちまってね。あんな子が、叩いたって死ぬもんか」

「だけど……。その大杉って奴を助けたんだろ？　謝礼が出るかもしれないぜ」

「まあ……そうだね」

「現金なら、こっちへいただこう」

「当り前よ。あの子を大きくするのに、いくらかかったと思うんだい」

「佐知子も、もう二十歳か？」

「二十一になってるだろ。たぶん」

「そろそろ男でもできるかもな」

「佐知子に？　あんな貧弱《ひんじゃく》な女の子に手を出す物好きがいるかね」

と、和代は言って、「宗和、まさかお前――」

「よせよ。そんなに趣味悪くないぜ」

と、宗和は言った。「ただ――うちの悪口を、その大杉って奴に言ったりすると、まずいだろ？　俺がうまく手なずけてやっときゃいいかと思ってさ」

「そうね……。あんたの言うことにも一理あるね」

と、和代は肯《うなず》いて、「でも、下手に妊娠させたりしたら、面倒だよ」

「心配いらないよ。心得てる」

――犬丸宗和は二十八歳。父親は早くに死んでしまい、和代に目一杯甘やかされて育った。

今、一応肩書は〈ホテル犬丸〉の副支配人である。といっても、何もしないで、毎日昼まで寝ている。

「女将さん」

と、永田が言った。「大杉様の入院先へ、お見舞のフルーツでも……」

「ああ、そうだね。じゃ、明日、木之内先生に訊いて」

「かしこまりました」

「メロンでも贈っといて。——メロンは高いか。もうちょっと安い詰め合せでも」

と、和代は言った……。

2 昼と夜

佐知子は、海辺を走っていた。

一緒に走っているのは柴犬のコロで、波打ちぎわを、波しぶきとたわむれるように、はしゃいで尻尾《しっぽ》を振っている。

「佐知子！　スカートが濡れるわよ！」

ママが大声で呼んだ。「帰るわよ、もう。戻ってらっしゃい！」

「はあい」

佐知子はそう返事しながら、「つまんないな……。ね、コロ」

と、小声で文句を言った。

もっともっと遊んでいたいのに……。

でも、もう陽は沈みかけていて、砂浜にも他に誰もいない。秋の夕方は早く来る。今、大分沈みかけた太陽をバックに、立っているパパとママの顔はよく見えなかった。

「行くよ、コロ！」

佐知子はパパとママの方へと駆けて行った。コロがついて来る。

「もう帰るの？」

と、一応文句を言ってみる。

「また来ましょうね」

ママの白い手を、佐知子はつかんだ。

「本当？　いつ？」

「またその内に。――ね、あなた」

「ああ」

パパも肯いて、「三人で来ような」

「約束よ、パパ！」

「ああ、約束だ」

コロがワンワンと吠《ほ》える。――何だか妙な吠え方だった。嬉しそうに、というのでなく、変な人が家へ来たときみたいだ。

「コロ、静かに」

と、佐知子は言って、パパとママを見上げた。

初めて、二人の顔が見えた。――何もないノッペラボーの顔が二つあった。

「ママ！」

ハッとして、目覚める。

佐知子は大きく息をついた。――夢だったのか。

「いつものだ……」

いつも見る夢だった。何かのＴＶＣＭの一場面で、犬が可愛かった。佐知子は七、八歳の女の子になって、海辺を走り、そして――両親の顔はない。

当然だ。パパもママも、どんな顔をしているのか、見たことがないのだから。

いつまで同じ夢を見るんだろう？

そう思って、

「いけない！　朝の掃除――」

と、ベッドに起き上る。

ベッド？　佐知子の寝床は布団をしまう部屋の中で、もちろんベッドじゃない。

ここって……。病院？

佐知子はポカンとして辺りを見回した。

私……風邪で熱出して、木之内先生が病院へ連れてって下さって……。

そこは思い出した。しかし、ここは——。

どう見ても、ここは木之内先生の病院じゃない。あそこも入院はできるが、病室は二つしかないし、四人部屋だ。

ホテルで具合の悪くなったお客について、何度か入ったことがある。大体、木之内医院の建物は相当年代物で、こんなにピカピカにきれいではない。

それに、こんなに広くて立派な個室なんかない！

どうしてこんな所に入ってるの、私？

「これも、もしかして夢？」

と呟いていると、ドアが開いて、看護師が入って来た。

「あら、目が覚めた？」

と、ニッコリ笑うと、「もう大分良さそうね。体温測らせてね」

体温計を脇の下に挟むと、

「あの……ここ、どこですか？」

と、佐知子は訊いた。

「はい、脈を……。憶えてないの？」

「私、〈ホテル犬丸〉で働いてるんですけど」

「ええ。そのN町からここへ運ばれて来たの。ここはN市の市立病院」

「はあ……」

「凄い熱で、薬のせいもあってずっと眠ってたからね。——はい、もう平熱ね」

「でも……どうしてこんな立派な部屋に？」

「この個室？　そうね、この病院でも二番目に高いの。一番高い部屋は大杉さんが」

「あ……。あの方、大丈夫ですか？」

「ええ。もちろんまだしばらくは入院ね。でも心配いらないわ」

「良かった……」

と、佐知子は言って、「あの……ここ、いくらするんですか？」

「大杉さんが払って下さるから大丈夫」

「そんな……。申し訳ないです」

そこへ、ドアが開いて、

「失礼。——やあ、目が覚めたね」

スーツ姿の、スラリと垢抜けた男性が入って来る。

「もう大丈夫でしょう。一応、後で先生が診《み》られます」

「よろしく。——矢澄佐知子君だったね」

「はあ……」

「僕は吉川《よしかわ》。大杉さんの秘書をしてる」

「そうですか……。あの、もっと安い部屋、なかったんでしょうか？　女将さんに知れたら何て言われるか……」

「心配いらないよ。ホテルの方には一切負担をかけない」

「でも……」

そういうことじゃないのだ。犬丸和代は、佐知子がぜいたくすることが許せないのである。

でも、この人にそう話しても分ってもらえないだろう。

「ゆっくり休んで。高熱で、ずいぶん体力を消耗してるからね」

「はい……」

佐知子は、少しじっくりと吉川という秘書に目をやった。

三十歳くらいだろうか。「秘書」らしく、きちんと高級なスーツにネクタイ。そして爽《さわ》やかな印象の男性だった。

ああ……。何てすてきな人だろう。

佐知子は、一瞬、この吉川と腕を組んで大都会のにぎやかな通りを歩いている自分の姿が頭に浮んでびっくりした。

こんなことを考えたのは初めてだ！

「すみません！」

と、佐知子は思わず口に出していた。

吉川は面食らって、

「何が？」

「あ、いえ……。ごめんなさい。わけの分らないこと……」

「いいけど……」

と、吉川は笑って、「君はすぐ謝るんだね」

「すみません」

「何もしてないのに謝るもんじゃないよ」

「すみま――」

と言いかけて、あわててやめる。

吉川が大笑いして、佐知子もやがて一緒になって笑った。

「ああ……」

と、佐知子は頭を振った。

「どうした？　具合悪い？」

「私、まだ治ってないみたいです。頭がクラクラして……」

「それって、もしかして……」

「え？」

「君、お腹空いてるんじゃないか？　何しろ三日間、何も食べないで眠ってたんだから」

「お腹、ですか？　でも――」

と言ったとたん、佐知子のお腹がグーッと聞いたこともない大きな音をたてた。

佐知子は真赤になって、あわてて毛布《もうふ》を頭からかぶった……。

「会長」

吉川がドアを開けると、「矢澄佐知子さんです」

「入ってくれ」

と、声がした。

「あの……歩けます」

「いいから。君は患者なんだよ」

佐知子は、病院の食堂でランチを食べ、それから大杉の病室へ連れて来られた。それも車椅子《いす》で。

「まだめまいを起すことがあるから」

と、看護師に言われたのである。

車椅子に座って、吉川に押してもらう。――申し訳なくて、佐知子はうつむきっ放しだった……。

「やあ、元気になって良かった」

と声がした。

顔を上げると、ベッドに起き上って微笑《ほほえ》んでいる白髪の老紳士が目に入った。

佐知子は、こんな風に大杉を見るのは初めてだった。これが、あの神社で倒れていた人だろうか。

「私を忘れたかね」

「いいえ！　あの――お元気そうで良かったです」

「君のおかげだ。君も大変な風邪をひいたそうだね」

「大丈夫です。私、割合丈夫にできているので」

と言って、お腹が痛くなり、佐知子は顔をしかめた。「すみません……。お腹が……」

「胃でも悪いのかね？」

「いいえ、急に食べたんで……」

と、佐知子はお腹を押えて、「幸せな痛さです！」

大杉は笑って、

「君はあのホテルで働いてるんだね。私にとっては命の恩人だ」

「そんな……」

「礼をさせてくれ。君の希望を聞きたい。何でも言ってくれていいよ」

佐知子は言葉に詰《つま》った。こんなことを言われたのは初めてだ。

「私は別に……」

と、口ごもって、「あの……ホテルに戻ったとき、女将さんにひと言、お口添えいただければ……。あんまり叱られなくて済むと思いますから」

「それが希望かね？」

「はい。あ、ご無理でしたらいいんです！」

と、あわてて付け加える。

大杉はちょっとの間、口元に笑みを浮かべて佐知子を眺めていたが、

「私は君に東京へ来てもらって、うちの社で働いてほしいと思ってたんだがね」

佐知子は啞然《あぜん》とした。

「そんなこと……。私、ちゃんとした仕事なんかできません。それに……私は捨てられてた子供なんです。ホテルの女将さんは、色々口やかましい人ですけど、ここまで育てていただいたご恩があります」

と、佐知子は言った。「お気持は本当に嬉しいです」

大杉は秘書の方へ、

「今どき、こんな子がいるんだな」

と言った。「驚いたよ」

「私もです」

と、吉川が言った。

「だが、私も〈Gファッション〉の会長だ」

と、大杉が張りのある声で言った。「このまま君に何の礼もしないわけにはいかん。君のことは私に任せてくれ」

「は……」

「いいね」

佐知子としては、とても「いやです」と言える雰囲気ではなかった。


月日は流れて――というほどでもない半月後のことである。

〈ホテル犬丸〉では相変らず犬丸和代がガミガミと従業員を怒鳴りつけており、息子の宗和は毎日昼ごろまで寝ていた……。

もちろん、みんな大杉栄一を巡る出来事を忘れてはいなかったが、遠くの病院に入っていることでもあり、別に訴えられもしないようだったので、何となく、

「もう終ったことだ」

という空気であった。

ただ、一緒に入院した佐知子も一向に戻って来ないので、和代は思い出す度、

「全く、恩知らずだよ、あの子は！」

と、文句を言っていた。

しかし、佐知子のことを問い合せて、ついでに大杉の問題をむし返されても、と思って、放っておいたのである。

そして、その日は月曜日で、ホテルも客は少なく、夕方になっても静かだった。

「——今夜は商店会の集まりだからね」

と、和代が番頭の永田に言って、オフィスでタバコをふかしていると——。

「女将さん！」

バタバタと駆けて来た仲居《なかい》が、「大変ですよ！」

「何よ、一体？」

「凄く大きな車が三台も……。凄く立派で凄くピカピカで——」

「凄く」以外の形容詞が思い浮かばないらしい。

「そんなお客が入ってた？」

よっこらしょ、と和代は立ち上ってタバコを灰皿に押し潰すと、玄関へと出て行った。そして——息を呑んだ。

本当に「凄く大きな」リムジンから降りて来たのは、三《み》つ揃《ぞろ》いのスーツ姿の大杉だったのである。ついて来ているのは、いつかここへ来た秘書。

「これは大杉様！　いらっしゃいませ！」

と、笑顔を作って、「まあ、すっかりお元気になられて！　みんなご心配申し上げておりましたんですの」

「おかげさまでね」

大杉は上ると、「少々話があってね。このロビーで結構」

「でも……。さようでございますか？　永田、すぐお茶とお菓子を！」

大杉はロビーのソファにゆったり構えると、

「いや、あの件については、このホテルの責任も問えるのだが、あえてそれはしないことにした」

「本当にひどいことで……。事情を伺《うかが》って、私どもも一体誰がそんなひどいことをしたのかと調べたのでございますが、どうしても分りませんで……」

と、早口でまくし立てると、

「いや、調べるまでもない。私はちゃんと憶えておる」

と、大杉は言った。「仕事柄、人の顔を憶えるのは得意でね。ほら、あそこでこっちを覗《のぞ》いているのが、あのときの男だ」

宗和があわてて顔を引込める。

和代は咳《せき》払いして、

「あれは……私の息子でして。大杉様はたぶん誰かよく似た他の者とお間違えになっておいでで……」

「犬丸宗和君というのだね。二十八歳」

「はあ……」

「だったな?」

と、大杉が吉川の方を振り向く。

「さようで」

「ああ、そうそう」

と、大杉は思い出したように、「こちらの従業員をお返しする」

和代は、明るいピンクのスーツに身を包んだ若い女性を眺めて、しばらくは誰だか分らなかった。

「——まあ! 佐知子!」

髪もきちんとセットして、少しふっくらとした顔立ちも、まるで別人のようだった。

「まあ……立派な格好《かっこう》を……。大杉様がこの子を?」

「命の恩人だ。これくらいは当然だよ」

「はあ……」

佐知子は黙って立っていた。

「あの……それでお話というのは……」

と、和代がおずおずと切り出した。

そこへ、永田が、

「女将さん。電話が……」

と、急いでやって来た。

「今はお客様だよ」

「ですが急用と。――N銀行の部長さんです」

「それじゃ……。あの……」

「構わんよ」

と、大杉は肯いて、「お茶をいただいてるからね」

「失礼して……」

和代があわてて立って行くと、永田が佐知子に気付いて、

「やあ！　びっくりした」

と、声を上げた。「見違えたよ」

佐知子は小さく会釈《えしやく》した。

「良かったね、元気になって」

「ありがとうございます」

「いや……みんな心配してたんだよ。女将さんの前じゃ言えないけどね」

と、永田は言った。「ここ、出て行くの？　まあ、君のためにはその方がいいと思うがね」

佐知子は、それには答えなかった。

少しして、和代が戻って来たが……。様子がおかしかった。

「お待たせ……しまして」

「用は済んだのかね？」

「済みました。——何もかも」

と、和代は半ば放心状態で、「もう、どうにでもなれ、です」

「女将さん、どうしたんですか？」

と、永田が訊く。

「売られたんだよ」

「え？」

「この〈ホテル犬丸〉が、売り飛ばされたんだよ」

「そんな……」

「ここは銀行が持ってたからね。借金がかさんで、仕方なかったけど……」

「じゃあ……」

「誰だか知らないけど、ここを即金で買い取った奴がいるんだ！　人の苦労も知らないで！　ぶっ飛ばしてやりたい」

と、拳《こぶし》を握りしめる。

「大変だね」

と、大杉が言った。「ぶっ飛ばしたいなら、あんたの目の前に相手がいる」

「――は？」

「ここを買い取ったのは私だ」

和代が呆然としていると、従業員たちも話を聞きつけて、遠巻きにしていた。

「――あなたが？」

「うむ。しかし、心配はいらん」

と、大杉は言った。「このホテルを潰すわけではない。今働いている人たちには、そのまま残ってもらう」

「まあ！　――そうでしたか！」

和代がやっと笑顔になった。

「いや、良かった。なあ！」

永田の声に、従業員たちも手を取り合って喜んでいる。

「ただし――」

と、大杉が言った。「条件がある。このホテルの経営は、新たな支配人が担当する」

「は……」

「あんたにはその支配人の下で、実際の接客に当ってもらうことになる」

「それは……。じゃ、女将でなくなるということですか」

「近代的経営のホテルにするんだ。それには頭の切り換えが必要だからね」

和代は表情を引きつらせて、

「では……大杉様が支配人に？」

「私は忙しくて、そんな暇はない」

と、大杉は言って、「新しい支配人を紹介しよう。――矢澄佐知子君だ」

佐知子が従業員たちの方へ向いて、

「よろしくお願いします」

と、頭を下げた。

「――何ですって！」

和代が真赤になって、「私が佐知子に使われる？　冗談じゃない！」

と立ち上ると、

「宗和！　おいで！　出て行くよ！」

ドタドタとロビーから出て行く和代を、宗和が、

「母さん！　待ってよ！　どうするんだよ！」

と、あわてて追いかけて行った。

そこへ、オフィスにいた従業員がやって来ると、

「番頭さん、ご予約の電話が」

と、のんびり言った。「佐々本様、若い女の方、三人だそうです」

3 生れ変る

「ですから、〈ホテル犬丸〉はこれまでの、旅館としての良さを捨てることはありません」

と、佐知子は言った。「お客様に対しては、これまで通り、真心を持って接して下さい。内部的には、変える点もあると思いますが、それも性急にでなく、徐々に変えていくつもりです」

従業員たちは、半ば夢でも見ているかのような表情で、ついこの間まで、女将に一日中怒鳴られていた娘が、自分たちの新しいトップとして話をしているのを聞いていた。

「正直に申し上げて、この〈ホテル犬丸〉の経営状態は良くありません」

と続けた。「でも、人手を減らすのは、サービスの低下につながります。何とか、お客を増やすことを考えましょう。——皆さんも何か思い付いたことがあったら、いつでも私の所へ言って来て下さい」

そして佐知子はニッコリ笑うと、

「では、笑顔を忘れずに！」

と言った。

従業員たちの間から、ごく自然に拍手が起った。

——佐知子はオフィスの奥の部屋へ入ってホッと息をついた。

「良かったよ」

と、大杉が言った。「立派なものだ」

「疲れて死にそうです！」

と、佐知子はソファにぐったりと身を沈めた。「廊下の拭き掃除してる方がよっぽど楽です！」

「なに、すぐに慣れるさ」

大杉は微笑んで、「秘書の吉川を、ひと月ここに置いて行く。何かあれば、いつでも相談しなさい」

「はあ……。大杉さん、行ってしまうんですか?」

「私は東京に山ほど仕事がある」

「でも——心細いです、私」

「君は、この〈ホテル犬丸〉のことなら、隅から隅まで知っているだろう」

「それはそうですけど……」

「そういう君の眼で、この〈ホテル犬丸〉を見直すんだ。今まで当り前と思われたこと、一つ一つを、『これでいいのか?』と、考え直してごらん」

「はい……。やってはみますが……」

と、口ごもる。

「それとも、ここは閉めて、君は東京で働くかね?」

「いいえ!」

と、佐知子は即座に言った。「ここは閉めたくありません! 絶対に!」

大杉は微笑んで、

「その思いが大切だよ。人間、くたびれて来ると、何もかも放り出したくなるものだ。その時に、『絶対にやめない!』という思いを強く抱いていると頑張れる」

「はい」

佐知子は力強く肯いて、「この〈ホテル犬丸〉、立て直して見せます！」

「その意気だ」

大杉は立ち上ると、「もう私はここに必要ない。吉川、しっかり役に立つんだぞ」

「分りました」

吉川をチラッと見て、佐知子は急いで目をそらした。初めて吉川を見たときのときめきは今も忘れられない。

そこへ番頭の永田が顔を出した。

「あの――予約のお客様のご到着です」

「はい」

「どうお呼びすれば？『女将さん』って感じじゃないですね。『支配人』でいいですか？」

「そんな……。恥ずかしいわ。『佐知子』でいいですよ」

「いや、そういうわけにも……。じゃ、『佐知子さん』と呼びましょう」

「ええ、よろしく」

佐知子は玄関へと急いだ。

「――いらっしゃいませ」

と、出迎える。「佐々本様でいらっしゃいますね」

「よろしく。三人姉妹ですの」

三人の真中らしい娘が言った。

「まあ、羨《うらや》ましい！　すてきなご姉妹ですこと」

「少し安くしてもらえます？」

と、末の妹が言って、

「珠美、やめてよ」

と、つつかれている。

「どうぞ。ご案内申し上げます」

「どうも。――お姉さん、ボーッとしてないでよ」

「失礼ね。いつ私がボーッとした？」

――むろん、この三人、佐々本家の綾子、夕里子、珠美である。

「お風呂《ふろ》の匂いがする。いいなあ」

と、夕里子が言った。

三人を案内して行く佐知子を見送って、大杉は、

「仕事の邪魔をしてはいかん。今の内に失礼しよう」

「会長——」

「後は頼むぞ」

「かしこまりました」

「そういえば」

と、大杉は靴をはきながら、「あの女将と息子はどうした？」

「カッカして、荷物を持って出て行きましたが……。どこにいるんでしょうね」

広過ぎる。

国友刑事は、息を切らして、少し休まないと動けなかった。

「畜生《ちくしょう》！　——どこだ？」

もともと無理な話だった。方々にホームのある東京駅で、男一人を探そうというのだ。しかも、男がどこへ行こうとしているか、全く分らないと来ている。

それにただホームと言われても、一つのホームを端から端まで歩くだけでも大変だ。加えて、平日とはいえ、どのホームも人は溢れている。

国友のケータイが鳴った。

「——見付けたか？」

と、出るなり訊いたが、

「そっちは？」

と、向うもハアハア息を切らしている。

「二人じゃとてもだめだ」

と、国友は汗を拭《ぬぐ》った。

「もう一度、応援を要請するか？」

と、国友と組んでいる山名《やまな》刑事が言った。

「時間がない。三十分もたって来られても、とっくに奴はいなくなってるさ」

と、国友は息をついて、「よし、新幹線に絞ろう。ともかく、あてもなく駆け回ってるよりましだ」

——国友と山名はある男を追っていた。

殺人犯。それも殺したのは一人二人ではない。

仕事として「人を殺す」男だ。

〈白浜《しらはま》〉というのが、男の呼び名だった。本当の名前は誰も知らない。どうして〈白浜〉という名が付いたのかも分らない。

どんな男なのか、それもよく分っていない。

ただ――今日、この時間に東京駅から列車に乗るという情報が入ったのだ。

その情報は、〈白浜〉を直接知る数少ない人間からのものだったが、

「それで〈白浜〉って男の目印は？」

と、国友が訊いて、向うが、

「年齢は三十過ぎで――」

と言ったとき、一発の銃声が声を断ち切ったのだった。

国友と山名は聞いた時間に東京駅へとやって来た。しかし、顔も分らない男をどうやって見付けるのか？

「いいか」

と、国友は言った。「ホームを、目立つようにウロウロするんだ。〈白浜〉が、刑事がいると気付けば、移動しようとするだろう。あわててホームから立ち去ろうとする男がいたら追いかけろ」

「頼りないな」

「他に手はない。――いいな？」

「分ったよ」

ケータイを切ると、国友はホームを見回した。

ビジネスマンが多い。――その一人一人、誰が〈白浜〉でもおかしくはないのだ。

国友はホームを歩き出した。

少し大げさにキョロキョロと周りを見回したり、列車を待っている間、ケータイをいじっている男のそばへ行って、わざと顔を覗き込んでみたりする。

しかし、いぶかしげに見返されるだけで、そう狙《ねら》ったようにギョッとして逃げ出したりはしない。実際、〈白浜〉と呼ばれる男は殺しのプロだ。そんなにビクビクしてはいないだろう。

だが他に手がないのだから……。

東京駅発の下りの新幹線といっても、数は多い。

「――だめか」

一本列車が出て行き、次も発車まであと五分。

国友は、ホームを往復して、足を止めた。

せっかく知らせてくれたのに……。その男は殺されているだろう。

そのとき、少し離れた所で、騒ぎが起っていた。――何だ？

国友は小走りに急いだ。

「何だって言うんだ！」

「ここに置いたんだ。お前が盗んだんだろう！」

ビジネスマンらしい男が二人、喧嘩《けんか》している。

「どうしたんです？」

と、国友はそばの男に訊いた。

「いや、あの二人、待合所の中に座ってたんだけど、一人がちょっと席を立って、戻ってみると、アタッシェケースがなくなってたらしいんだ。隣の男がホームへ出て来てたんで、その持主が追いかけて来て」

「俺が持ってないのは見りゃ分るだろ！」

と、疑われた方も怒っている。

「誰か仲間に渡したんだろう！」

「ふざけるな！　人を泥棒《どろぼう》扱いしやがって！」

胸ぐらをつかんで、今にも殴り合いになりそうだ。

「お待ちなさい」

と、国友が割って入る。

「何だ、貴様！」

「邪魔《じゃま》するな！」

二人の男が同時に国友を突いたので、国友は尻もちをついてしまった。周囲で笑いが起る。

「やめろと言ってるんだ！」

頭に来た国友が警察手帳を見せると、二人とも青くなった。

「これはどうも……」

「――アタッシェケースが持って行かれるのを、誰か見てなかったんですか？」

と、国友が言うと、

「私、ぼんやり見てたけどね」

と、スーツ姿の女性が言った。「スッと消えるようになくなってたわよ」

「でも本当に消えやしないでしょ」

「たぶん、人が三、四人固まって出て行くときに、その中の誰かが持ってったんじゃない？」

なるほど。誰か知らないが、一人で持ち去れば人目につく。しかし、何人かが一緒に出て行こうとするとき、そのかげに隠れるようにして持ち去れば、どんな男が盗《と》って行ったか、分るまい。

「何か狙われるような物が入ってたんですか？」

と、国友は訊いた。

「いや……。値打のあるものかと言われりゃ……。別に特別なものは入っちゃいないよ。でも……」

「もちろん、分ります。大切ですよね。ご自分の持物なんですから」

と、国友は言った。

では、その誰かは、なぜ貴重品も入っていないアタッシェケースを持って行ったのだろう?

ビジネスマンらしく見せるため?

そうかもしれない。——ということは、ビジネスマンではないということだ。

ホームに発車のベルが鳴った。

国友は、ほとんど何も考えず、反射的に目の前の新幹線に飛び込んだ。

アタッシェケースを盗んだ人が、〈白浜〉かもしれない、と思ったのだ。もちろん、可能性は千に一つだろう。

しかし、国友は直感を信じることにしたのだ。——扉が閉り、列車が動き出した。

「馬《ば》鹿《か》げてる……」

と、自分で呟き、ケータイで山名刑事へかけた。

「国友、どこにいるんだ?」

「新幹線の中だ」

「どこのホームだ?」

「もう走ってる」

「何だって?」

「ちょっと気になることがあったんで、つい乗っちまった」

「呆れたな! 〈白浜〉が乗ってるのか?」

「分らん。もしかすると、だけどな」

「おい……。どこまで乗ってくんだ?」

「さあ……。終点は博多《はかた》だ」

「役に立たなかったら、出張扱いにしてくれないぞ」

「分ってる。ともかく——名古屋《なごや》までの間に、中を見回ってみるよ」

「全く……。うまい言い訳、考えとけよ」

と、山名は言った。

言われなくても分ってるよ。

国友は、近くの車両へと入って行った。

アタッシェケースを持っている男……。

しかし、国友はザッと眺めて、客の半分以上が同じようなアタッシェケースを持っているのを見て、愕然《がくぜん》としたのだった……。


「どうするんだよ」

と、犬丸宗和が言った。

「何度も同じこと訊かないで」

と、犬丸和代は言い返した。

「返事、ちゃんとしないからだろ」

「いいじゃないの。別に路頭に迷ってるわけじゃないんだから」

「だからって……。近々、そうなるかもしれないぜ」

「ちっとは母親を信じなさい」

と、和代は言い返した。「お金だってあるし、色々世話した人があちこちにいるわ。一年や二年、泊めてくれる人には事欠かないわよ」

「それならいいけどさ。――いざとなったら、佐知子に頭下げて戻ったっていいしな」

「よしてよ！　誰が佐知子なんかに――。あんたは〈ホテル犬丸〉の跡継ぎなのよ。もっとプライドを持ちなさい」

「だって……。もうあそこは他人の持ちものだぜ」

「何よ！　あの旅館を守って来たのは私だよ！　今さら他の人間にどうこう言われる筋合はないね」

――手がつけられない、と思ったのか、宗和は肩をすくめて、

「じゃ、俺、風呂に入ってくるよ」

と、タオルを手に取った。「飯は七時だろ？」

「ええ。お刺身は特上にしといたからね」

――和代は、息子が出て行くと、深々とため息をついた。

今、母と息子は、〈ホテル犬丸〉のあるN町から列車で三十分ほどの温泉の旅館に泊っていた。

同業者だから、当然ここの女将とも知り合いだが、おそらく〈ホテル犬丸〉が人手に渡ったことは、もう知れているだろう。

同情されるのも、嘲笑《あざわら》われるのもいやで、宿泊カードには〈田中《たなか》〉と書いて、できるだけ部屋からも出ないようにしている。

いずれ身許は知れるだろうが……。

「ああ……。まさか、こんなことにね……」

畳の上に寝転がって呟く。

ここには三日目だが、実のところそう現金を持っているわけではない。

この先どうするか、真剣に考えなくてはならなかった。

といって、あの佐知子に「使ってもらう」なんて、とんでもない話だ！

今夜、心当りの知人、友人に電話してみよう。むろん、みんな喜んで泊めてくれるだろう……。

「――お邪魔いたします」

と、声がした。

「はい、どうぞ」

と、起き上って裾を直す。

「女将でございます。この度は――」

まずい、と思う間もなかった。

「まあ！　犬丸さん！　どうなさったの？」

と、ここの女将が目をパチクリさせたのである……。

4　消えた時間

「ねえ、一体私が何したって言うのよ！」

と、犬丸和代はグラスを空けて言った。

もっとも、本人はそう言ったつもりだが、実際にはかなりムニャムニャとしか聞こえていなかった。

つまりは、酔っ払っていたのである。

「分るわ」

と、この旅館の女将が肯いて、「あなたは本当によく頑張って来たものね」

「そう……。そうよ。そうでしょ？　ねえ、今の言葉、あの連中に聞かせてやりたい！　私、悔しいのよ！」

和代はポロポロ涙をこぼした。

「よく分るわ。――でも、もう今夜はこれくらいにしときましょ。体をこわしちゃいけないわ」

「あんたはいい人ね……。嬉しいわ。一人でも、私の苦労を分ってくれる人がいると思うと……」

「何を言ってるの。さ、息子さんが心配してるといけないわ」

「ああ……。そうね。そうだった。宗和が……。宗和ちゃんが……」

スツールから下りようとして、和代はよろけて転びそうになった。

「ほら！　大丈夫？」

「大丈夫。――大丈夫よ」

和代はフラフラとバーを出た。

今泊っている旅館の地下にあるバーだ。

「エレベーターはそっちよ。間違えないでね」

「ええ、ええ。分ってる。私だって、旅館の女将なんですからね……。じゃあ……おやすみなさい……」

「ごゆっくり」

和代は、廊下を辿《たど》ってエレベーターの所まで来たが、

「あ、そうだ」

あの女将に、組合のことで言っとかなきゃいけないことがあったっけ。もう和代とは係《かかわ》りのない話だが、たっぷりグチを聞いてもらって、ありがたいと思っていたのである。

和代はバーの方へと、またフラフラと戻って行った。

バーの扉が開けたままになっていて、中から女将の笑い声が聞こえた。

和代は声をかけようとした。すると、

「〈ホテル犬丸〉なんて、どうせ近々潰れてたわよ」

と、女将が言ったのである。「あの女将さんじゃね。客も逃げるって。あそこでこりたからって、うちへ来てるお客も何人もいるわ」

「そうですね。ご当人は全然分ってないみたいでしたけど」

相手はバーテンだ。

「おめでたいわよね、本当に。それにあの息子と来たら！　この辺じゃ評判の馬鹿息子よ。親のお金で遊ぶことしか考えてない。まあ、いずれ息子が〈ホテル犬丸〉を潰してたでしょうね」

「女将さん。今夜の飲み代、どうします？」

「もちろん払わせるわよ！　しっかりつけといて」

「分りました」

「まあ、可哀そうだから、私の飲んだ分はいいわ。それぐらいはめぐんであげましょ」

と言って女将は笑った。

――和代は全身が冷えて行くようで、逃げるようにその場から離れた。

エレベーターでなく、目の前の階段を上って一階のロビーへ出る。

もう夜遅いので、人の姿はない。

和代は、旅館の下駄をつっかけると、夜の中へと出て行った……。


ああ……。

頭が痛い。――寝返りを打って、和代は呻《うめ》いた。

もっとも、この頭痛は、和代にとってそう珍しいものじゃなかった。要するに二日酔だったのである。

ゆうべ……。そう、ゆうべはずいぶん飲んだ。駅の近くのバーへ、フラッと入って、ともかくウイスキーを注文した……。
その後は……。誰かが話を聞いてくれていた。
ひどいじゃないの！　人にさんざんグチを言わせといて、後で笑うなんて。
ねえ、そう思わない？
和代の問いかけに、その誰かはいちいち肯いて、
「そりゃあ、腹が立つのも無理ないね」
と言ってくれた。
いい人だったわ。そう、優しい男だった。
男？　——そうだ。男だったわ。
顔はよく憶えてないけど……。
「ああ……」
やっとの思いで目を開けると——和代はびっくりして起き上った。
「ここ……どこ？」
あの旅館じゃない！　あそこは和室で、布団だ。でも今、私はベッドで寝ていた。
見回すと、狭くて殺風景な部屋だ。
たぶん、駅前にあったビジネスホテルの一室だろう。——でも、どうしてこんな所

にいるの？

かなり乱れてはいるが、旅館の浴衣《ゆかた》は着ている。まさか——男と寝た？

この年齢《とし》の女に手を出す物好きがいるとも思えないが……。

ともかく、ベッドを出て、バスルームで顔を洗うと、少し頭がスッキリした。

タオルで顔を拭きながらバスルームを出ると、小さなテーブルにメモが置いてあった。

〈よく眠っていたので、出かけます。ゆうべは酔いつぶれたあなたをここへ運んで寝かせましたが、それだけで、私とあなたの間には何もありませんでしたから、ご心配なく。

では。〉

とあって、名前の代りに〈S〉とだけ記してあった。

さらに追伸のように、〈あなたの腹立ちをいくらかでもおさめたいと思いました。お気に召すといいのですが〉と書き添えてある。

「何のこと？」

と、首をかしげ、ともかくここを出ようと思った。

時計を見ると、もう午後の三時である。

「とんでもないことしちゃった」

さぞ宗和が心配しているだろう。

ともかく、何とか「見られる格好」になると、和代は部屋を出た。

やはり、駅前のビジネスホテルだ。和代は急いで旅館へと戻って行った。

「――何かしら」

旅館の前に、パトカーが停《とま》っている。救急車も。

和代は、あの大杉栄一が倒れたときのことを思い出して顔をしかめた。

大方、客の誰かが具合悪くなったのだろう。宴会で飲み過ぎる客は珍しくない。

ただ、救急車は分るが、パトカーがどうして？

ともかく、旅館の中は妙に騒がしく、落ちつかない。これはよほどのことがあったのだろう。

ロビーに客が何人かずつ固まって、ヒソヒソ囁《ささや》き合っていた。

和代が足を止めていると、

「母さん！」

宗和がやって来て、「どこ行ってたんだよ！」

「ごめん。ゆうべ町に出て飲んでたの。酔いつぶれちゃって」

「冗談じゃないぜ、いい年齢《とし》して」

「だから謝ってるじゃないの！　――ね、何があったの？」

「それも知らないの？」

「だって今戻ったのよ」

「えらい騒ぎだよ。朝から」

と、宗和が言った。「女将さんが死んだんだ」

和代は、すぐにはわけが分らず、

「女将さんって……ここの？　本間《ほんま》さん？」

「ああ、本間っていったっけ。名前、忘れてた」

「でも――ゆうべ下のバーで一緒だったのよ！」

「母さん！」

宗和はあわてて和代をロビーの奥へと引張って行って、「そんなこと言ったら、巻き込まれるぜ」

「だって……本当だもの」

「ともかくまずいよ。下手に疑われでもしたら……」

「疑われる、って……。女将さん、どうして亡くなったの？」

「それがさ、今朝、女将さんの姿が見えないって、旅館の人が捜してたんだ。そしたら、ほら、池があるだろ。あの向うの木の枝から首吊って死んでて」

「じゃ……自殺？　そんな馬鹿な！」

「救急車とパトカーが来たけど、もう死んでてさ。そしたら、県警の人が来て。検視官っていうのかな」

「それで？」

「女将さんは死んでから吊るされたって。その前に首絞められてたんだ」

「まあ……」

「だから、まだ現場を調べてる。下手なこと言っちゃだめだよ」

「ええ……。分ったわ」

「部屋に戻って、着替えなよ」

息子に追い立てられるようにして、和代は部屋へ戻った。

「何てこと……」

ゆうべバーでしゃべっていたのに。何があったのだろう？

和代はともかく浴衣を脱いで服を着た。髪を直していると、部屋の電話が鳴った。

「——はい。——もしもし？」

少しして、

「いかがですか？」

と、男の声がした。

「は？　――どなた？」

「ゆうべはよく眠っておいででしたね」

「あの……。ゆうべ泊めていただいた方ですか。すみませんでした。酔っ払ってしまって、私……」

「ご満足いただけましたか」

と、いやにていねいな口調。

「何のことでしょう？」

「あなたの恨みを晴らしてさしあげましたよ」

「恨み？」

「ええ。ゆうべ、あなたのことを嘲笑った、ひどい女将に、思い知らせてやりました。お分りでしょう？」

和代の顔から血の気がひいて行った。

「それって……。あなたが女将さんを……殺したんですか？」

「ええ、あなたに代って、罰してやりました」

と、得意げに、「なに、礼には及びません。私は弱い者の味方ですから。では……」

電話が切れて、和代はただ呆然として受話器を握ったまま、座り込んでいた……。


「はあ……。私、〈ホテル犬丸〉の女将をやっておりまして」

と、犬丸和代は言った。「同業のご縁で、亡くなった本間さんとは色々お付合いがございました……」

「なるほど」

中年の小太りな刑事は肯いて、「今回お泊りになっているのは、何か特にご用があってのことですか？」

「は……。いえ、そうじゃありません！　ただ……ちょっとこのところ疲れているものですから」

「では息抜きに、ということですね」

「ええ！　ええ、そうなんです」

和代はくり返し肯いた。

「それで宿泊カードには〈田中〉とお書きになったんですね？」

刑事は、和代が本名で泊っていないこともちゃんと分っていたのだ。和代は緊張した。


「──そうです」

「本間道子《みちこ》さんのことはよくご存知ということですね」

「はい、それはもう……」

「何か本間さんから聞いていませんでしたか。誰かに恨まれているとか、最近危い目にあったとか、その類《たぐい》のことを」

「いえ、ちっとも……。個人的なことはあまりよく存じません」

「今回お泊りになって、本間さんと話をしましたか？」

「あの……ご挨拶《あいさつ》ぐらいは」

「お二人で話し込むとか、そういうことはありませんでしたか？」

和代の頭に、息子の言葉が響いた。下手に係らない方がいい……。

「特にそういうことはありません」

と、和代は言った。

「そうですか。──結構です、ありがとう」

刑事は意外にアッサリと和代を解放してくれた。

和代はホッとして、〈ホテルM〉のオフィスを出た。

従業員や関係者だけでなく、客の何人かも事情を訊かれているようで、ロビーで呼ばれるのを待っている人の中には、

「旅行のスケジュールがめちゃくちゃだ！　どうしてくれる！」

と、従業員に食ってかかっている者もあった。

「母さん」

宗和がロビーで待っていた。

「くたびれたわ！」

「何か訊かれた？」

「ま、知り合いだったからね。でも、別にやましいことはないんだし」

「うん、それならいいけど」

「ともかく、部屋で休むわ。あんたは？」

「俺はちょっと町に出てるよ」

「そう。――でも、とんでもないことね」

と、和代は首を振って言った。

女将がいなくなって、この〈ホテルM〉はどうなるのかしら？

「私の心配することじゃないわね」

部屋へ戻ると、布団を自分で敷いて、寝転がった。

「――冗談じゃないわよ」

と、思わず呟く。

ゆうべ泊めてもらった男……。ここの女将を殺した？　本当だろうか？

あの電話の声を思い出すとゾッとする。あれはまともじゃない。もちろん、人殺しをするなんて、まともじゃないけど……。

しかし、どんな男だったか、和代は酔っていて、全く憶えていないのだった。

これで知らん顔をしていれば……。そう、いずれ忘れられて行く。

「私のせいじゃないんだわ。――そうよ」

と、自分に言い聞かせている内、ウトウトし始めていた。

部屋の電話が鳴り出して、目を覚ましてしまった。

「何よ、もう……」

いつまでも鳴っているので、仕方なく布団を出て電話へと這《は》って行く。

「――はい、もしもし？」

「お寛《くつろ》ぎのところ、申し訳ございません」

「はあ？」

「私、有田《ありた》と申します」

「有田さん？　――どちらの有田さんでしたか？」

「ゆうべはゆっくりお話をうかがっていましたよ」

そう言われて思い当った。

「あなた、ここのバーテンね？」

「さようです。ゆうべはずいぶん酔っておられましたね」

「まあね。――何か私にご用？」

「ええ。ちょっとご相談がありましてね」

「何かしら？」

「実はこの後、刑事に話を訊かれることになっているんです」

「ああ……。そうなの」

和代は咳払いして、「あのね、私、ゆうべのことは刑事さんに話してないの。だって――ねえ、色々訊かれたらいやでしょ」

「さようですね、確かに」

「じゃ、あなたも話さないでいてくれる？　お願いよ」

少し間があって、和代は、

「もしもし？」

と言った。「聞こえてる？」

「はい、ちゃんと」

と、有田は言った。「しかしですね、刑事さんに嘘をつくというのはどうも……」

「だけど――嘘をつく、ってほど大げさなことじゃないでしょ。大体、お店の人は、客の会話を聞いちゃいけないのよ」

「それはそうですが、ことは殺人事件に係るんですからね」

「あなた――私が女将さんの死に係ってるとでも言うつもり？」

「さあ、それは……」

「馬鹿げてるわ！　私と本間さんは長いお付合いよ。仲が良かったことは誰でも知ってるわ」

「そうでしょうか？」

「どういう意味？」

「あなたがバーを出られてから、女将はずいぶんあなたの悪口を言ってました。そして、バーの表に人の気配が……」

和代は、バーテンに気付かれていたとは思ってもいなかったので、言葉を失った。

「刑事さんに正直にお話しするのは善良な市民の義務ですよね。しかし、いくら何でも犬丸さんが女将を殺すとは思えません。ただ、刑事さんがどう考えるかは分りませんがね」

「あなた……何が言いたいの？」

「そうですね。もう時間もありませんから、はっきり申しましょう。金が欲しいんです」

和代は絶句した。

「――ま、少々まずい借金がありましてね」

と、有田は続けた。「ホテルから給料の前借りもしていますんで。それも無断で」

「私をゆすろうっていうのね？」

「いや、その言い方はひどいですよ。殺人に比べりゃ、私のしていることなんか、罪は軽い。――どうでしょうね。欲は出しません。五百万円でどうです？」

「五百……」

「〈ホテル犬丸〉のオーナーだったあなただ。相当ため込んでいたと見てますがね。五百万で、殺人の疑いをかけられずに済むのなら、安いもんでしょ」

和代は少し間を空けて、

「――分ったわ」

と言った。

「承知していただける？　こいつはありがたい！」

「でも、すぐには無理よ。当然でしょ」

「そりゃあね。しかし、こっちもそう待ってられないんでね。一週間でどうです？」

「一週間ね」

「そうです。じゃ、刑事さんの方は任せて下さい」

「ええ、よろしく……」

――電話が切れても、和代はしばらくその場に座ったままだった。

五百万？　――五百万円！

「冗談じゃない！」

と、思わず言った。

今の和代にとてもそんな金はない。都合してくれる人もないだろう。

それでも、有田の要求を断れば、警察にどう話されるか分らない。それが怖くて「分った」と言ってしまったのだ。

「――どうしよう？」

一週間、とあの男は言った。

ここを出て姿をくらます？　そんなことをしたら、それこそ刑事が「怪しい」と思うだろう。

そして、有田は、

「犬丸さんに口止めされてたんです……」

と、刑事に告白する。

「いやよ、とんでもない！」

もちろん調べれば和代が犯人でないことは分るだろうが、しかし、取り調べられたり留置場に入れられたり、ということを想像しただけでも恐ろしくて血の気がひく。

「でも……どうしたら？」

和代は頭を抱えて、また布団に寝転がった……。

5　口笛

波が静かに砂浜を撫でては戻って行く。

月明りに、波頭が白く光った。

佐知子は足首を波が洗って行くのを快《こころよ》く感じながら、じっと海に向って立っていた。

「あら……」

と、声がした。「もしかして〈ホテル犬丸〉の……」

佐知子は振り向くと、

「あ、佐々本様ですね」

と言った。

「ええ」

夕里子は、姉の綾子と二人で砂浜へ出て来たのである。

「下の妹さんは……」

「あれはゲームセンターで遊んでます」

と、夕里子は言った。「矢澄さん……でしたっけ」

「佐知子とお呼び下さい。こんなに若いので、つい……」

と、海へ目をやって、「ずっとここで育って、一人になりたい時はここへ来ていました」

「佐知子さん、〈ホテル犬丸〉を任されたばかりですってね」

と、夕里子は言った。

「ええ。――お聞きになったんですね」

「仲居さんが話してくれました。ドラマチックないきさつを」

「本当に……今でも信じられないようですわ」

と、佐知子は言った。

「でも、ちゃんとやってるじゃありませんか。少しも無理してるように見えませんよ」

と、夕里子が言うと、綾子も肯いて、

「そう。生れつき、上に立つ人間の幅を持ってらっしゃる」

「まあ、どうも……」

「姉の言うことは当ってるんです。直感がすべてって人ですから」

「夕里子、それって私が頭悪いってこと？」

「そんなこと言ってないよ」

「確かに悪いけど」

二人のやりとりを聞いていて、佐知子は笑ってしまった。

「いいですね、ご姉妹って。私は一人っ子――なのかどうかもよく分らないんですけど」

「いいことも悪いこともあります」

と、綾子は言った。

「さあ、もう戻らないと。上に立つ人間が、あんまり留守にしてちゃいけませんね」

「ご苦労さま」

と、夕里子が言った。「でも、静かな、気持のいい入江ですね」

「ええ、波も穏やかで。――でも、小さいころ、真直ぐ海の中へ入って行こうと何度も思いました」

「それって——死のうとしたってことですか?」

「そうですね。でも、『死ぬ』ってことよりも、このずっと先に、何か違う世界があるような気がしたんです。それと、お母さんに会えそうな……」

今は夜の中に溶けている水平線の方へ目をやって、佐知子はそう言うと、「じゃ、どうぞごゆっくり」

と、会釈して、ホテルの方へと戻って行った。

「——二十一歳か」

と、夕里子が見送って、「お姉さんと変らないんだね」

「だから何なの?」

「またすねる。お姉さんらしくないよ」

「すねてない。面白くないだけ」

「同じでしょ」

——佐知子は、海岸からホテルへ入る、専用の出入口までやって来ると、足が砂で汚れているので、置いてある雑巾《ぞうきん》で足を拭いた。

そして中へ入ろうとして——足を止めた。

口笛が聞こえた。

そのメロディは、佐知子の遠い記憶を呼びさました。振り向いて、

「誰？」

と呼びかける。

暗い木立の奥から、口笛は聞こえていた。

この曲……。

「誰かいるの？」

と、声をかけると、口笛が止んで、

「――佐知子ちゃんか？」

と、男の声がした。

「どなた？」

砂地を踏む足音がして、

「驚いたな。――本当に佐知子ちゃんか」

出入口の明りが、ぼんやりとその男の姿を照らし出した。

佐知子は半ば呆然としながら、

「もしかして……勇一《ゆういち》君？」

「久しぶりだね」

「でも……本当に？　本当に勇一君なの？」

鼓動《こどう》が速くなった。——あまりに思いがけない出来事に出会うと、本当かどうかと疑う余裕さえ失われる。

「やあ……。見違えたよ」

「そう……。その声。それに、あの口笛……。やっぱり勇一君なんだ！」

「うん、僕だよ」

「まあ……」

二人はしばらくじっと向い合って立っていた。互いに長い間を埋めるのに時間が必要なのだった。

ずいぶん長く、黙って立っていたらしい。

夕里子と綾子が砂浜から戻って来た。

「あら、まだここに？」

綾子の声で、まるで夢から覚めたかのように、

「佐々本さん……。ちょっと、思いがけない人に会ったものですから」

と、佐知子は言った。「徳田《とくだ》勇一君といって……。子供のころ、この〈ホテル犬

丸〉で一緒に暮していた人です」

「どうも……」

ほっそりとした若者が、夕里子たちへ会釈して、「ごめん、佐知子ちゃん。仕事、あるんだろ」

佐知子が答える前に、夕里子が、

「少しぐらい大丈夫ですよ。佐知子さん、今このホテルの支配人なんですから」

「支配人？　——でも……あの人は？」

「和代さんのことね。今はもう和代さんのものじゃないの」

「本当に、君が支配人？」

「そんな顔、しないでよ」

と、佐知子は涙声で笑って、「いやだ、涙が出てくる。——勇一君、どこに泊ってるの？」

「どこにも。今、着いたばかりさ。懐しくてここを見に来た」

「じゃあ、ここへ泊って。番頭の永田さんはいるわよ」

「あ……。そうできるといいんだけど……」

「どうしたの？　——誰か一緒？　女の人と？」

「そうじゃないよ。ただ……ここへ泊るほどのお金、持ってないんだ」

「ああ、そんなこと……。空いてる部屋へ入って。私のお給料から引いてもらうからいいわよ」

「そんなこと……」

「いやよ、よそへ行くなんて！」

佐知子は、勇一の腕をつかんだ。「離さない！　ちゃんと話を聞いてくれるまでは！」

「――夕里子」

と、綾子が言った。「これって、もしかしてラブシーン？」

「さあ……」

「何がラブシーンなの！」

いきなりドアが開いて、珠美が顔を出した。

「突然出て来ないでよ！」

と、夕里子が文句を言った。

ともかく――「ラブシーン」の続きは、ホテルの中、ということになったのである。

「いやあ、勇一君がこんなに大きくなってるなんて……。信じられないよ」

と、番頭の永田が言った。

「永田さん」

と、佐知子が笑って、「もう勇一君、二十八歳なのよ。大きくなって、どころじゃないわ」

「あ、そうか！　しかし——二十八？」

と、相変らずびっくりしている。

オフィスの中で、徳田勇一はホテルの客用の懐石料理を食べていた。

「懐しい味だ」

と、息をついて、「でも、こっちの方こそびっくりだよ。佐知子ちゃんが支配人なんて」

「あんまり言わないで。まだ見習《みならい》ってとこなんだから」

と、佐知子が照れる。

「お二人、仲が良かったんですね」

と、夕里子が言った。

なぜか、佐々本三姉妹がオフィスまでついて来ていたのである。ちゃっかりコーヒーまで出してもらっていた。

「お互い、孤児だったから」

と、佐知子が言った。「でも、私は捨て子。勇一君は施設にいて、中学を出てから、ここで働いてたのよね」

「そして――勝手に飛び出した。今思っても、よくあんな無茶がやれたよ」

「しかし、ありゃあ無理もない」

と、永田が言った。「女将さんが、特別勇一君に辛く当ってたからね」

「ええ、本当に」

と、佐知子は思い出すだけでも辛そうに、

「毎日泣いたわね、あのころ」

「女将さんって、犬丸和代って人ですね」

と、夕里子が言った。「息子さんがいらしたとか」

「ええ、勇一君と同い年の、宗和さんって人が」

「息子さんと比較して、勇一さんのことがしゃくにさわってたんですよ、きっと」

夕里子の言葉に、佐知子はちょっと目を見開いて、

「そんなこと……考えたこともなかったわ！　でも、きっとそうなのね。今初めて気が付いた」

「でも、僕なんかちっとも優秀じゃなかったよ」

「いや、あのドラ息子に比べりゃ立派なもんだ」

と、永田が言った。「肩書だけナンバー2だったけど、ともかく何もしない人だったからね」

「それって、ほめられてるのかな、僕？」

と、勇一が苦笑する。

「それだけならともかく――」

と、佐知子が言った。「ここで働いてる若い子に手を出して、私が知ってるだけでも三人、辞めて行ったわ」

「辞めただけじゃない」

と、永田が首を振って、「その内の二人は妊娠してたんだ」

「まあ……。知らなかった」

「女将さんが医者へ連れてってね、少しお金をやって黙らせたんだ。――ひどいことをするもんだと思ったよ」

「そうだったの……」

「佐知子ちゃんは大丈夫だったのかい？」

と、勇一が言った。

「私？　私なんか、女だと思ってなかったでしょ」

「ともかく、支配人が変って、良かったわね」

と、綾子がポツリと言った。「きっと、このホテル、いいことあるわよ」

「お姉ちゃんの予言だ」

と、珠美が言った。

そこへ、

「番頭さん」

と、仲居の一人が顔を出して、「お客様が……」

「予約、あったかな」

「いいえ、してないんですって。刑事さんなんです。何でも、ここにお泊りの佐々本様のお知り合いとか」

「え？」

夕里子がびっくりして、「もしかして、国友って人ですか？」

「ええ、そうです」

「どうしてここに？」

「ほら、いいことがあった」

珠美がニヤリと笑った。

「こちらへお通しして」

と、佐知子が言って、すぐに国友がやって来た。

「国友さん……。どうしたの？」

「いや、仕事でね。君らがこの辺に泊ると言ってたのを思い出して」

「仕事って……」

「殺人犯を追ってる。――実はこの先の〈ホテルM〉で女将が殺されてね。もしかすると同じ人間の犯行かもしれないと思って……。ただ、旅行の仕度もなしで来ちゃったんだ。――泊めてもらえますかね」

「何とかします。永田さん、手配してあげて」

「分りました」

「出張扱いになるの？」

と、珠美が言った。「それとも自腹？」

「さあな。課長に訊いてみないと……」

「私たちの部屋に泊る？　夕里子姉ちゃんと一つの布団で済むよ」

「珠美！　やめてよ！」

夕里子が真赤になってにらんだ。


「旨《うま》い！」

国友はせっせとカレーライスを食べていた。

「ありがとうございます」

と、佐知子が微笑んだ。

国友はホテルのラウンジでカレーを食べていたのである。——泊れることになって、

「ではお夕食をご用意いたします」

と言ったのだが、

「い、いえ、すぐ食べられるものはありませんか？」

と、国友は訊いた……。

「よっぽどお腹空いてたのね」

と、夕里子が苦笑する。

「――少し落ちついた」

アッという間に、カレーを平らげてしまうと、国友は水をガブガブ飲んで、「これで夕食まで待てます」

「呆れた」

と、夕里子は言った。「大体、無茶よ。顔も何も分らない殺人犯を追いかけて、列車に飛び乗っちゃうなんて」

「うん、自分でもそう思うよ」

国友は素直に（？）認めた。「〈白浜〉ってあだ名の由来も分らないんだ」

「どうしてここで降りたの？」

「うん……。よく分らない」

聞いていた珠美が、

「綾子姉ちゃんの影響だ」

と、からかった。

「でも、びっくりです。〈ホテルM〉の女将さんが殺されたなんて」

と、佐知子が言った。

「知ってるんですか？」

と、夕里子が訊く。

「ええ。よくおつかいに行かされて、「確か、本間さんとおっしゃるんですよね」

と、佐知子は肯いて、「本間道子。五十歳だった」

と、国友が息をついて、「すみませんが、お茶を一杯」

「はい。ビールか何か飲まれますか？」

「あ……。いや、上司へ連絡してからに」

「変なところで真面目だ」

と、珠美がからかう。

「佐知子さん」

と、永田がやって来た。「勇一君を部屋へ案内しときました」

「ありがとう、永田さん」

「苦労したんでしょうね。ずいぶんやつれてた」

「そうね……。少しここでのんびりさせてあげたいわ」

国友は熱いお茶を飲んで、

「あれも妙な殺人だった」

と言った。「ホテルの庭の木から首を吊ってるのが見付かったんだ」

「じゃ、自殺じゃないの？」

「いや、首を絞めて殺してから、わざわざ木に吊してる。そんなのは、調べればすぐ分ることだろう？　犯人はどうしてあんな手間をかけたのか……」

「その事件は国友さんの担当じゃないんでしょ？」

「もちろん。ここの地元の警察さ。ただ、事件のことを聞いて、話を聞きに寄ったんだ」

「犯人はまだ？」

と、佐知子が訊いた。

「ええ。――動機がはっきりしないとね」

「どんな人だったんですか？」

と、夕里子が佐知子へ訊く。

「さあ、個人的には……。私のような下《した》っ端《ぱ》には、あまり感じのいい人じゃありませんでしたけど、それは普通ですから」

「本間さんですね？　ここの女将よりはずっとまともな人でしたよ」

と永田が言った。

「今ごろクシャミしてるかも、ここの元女将さん」

と、珠美が言った。

「クシュン！」

と、犬丸和代が派手にクシャミして、「いやだわ。風邪かしら」

「誰かが噂《うわさ》してんだろ」

と、宗和は言って、「でも、母さん、いつまでここにいるの？」

「それは……」

母と息子は〈ホテルM〉のラウンジでビールを飲んでいた。

「まあ、そろそろ出てもいいわね。でも、本間さんの事件がどうなるか、見たい気もする」

「女将なしじゃ大変だな、ここも」

確かに、口やかましい人間が上にいるといないとでは、働く者の緊張感が違うだろう。

実際、女将が殺されたとあって、不安が広がっているせいもあっただろうが、仲居たちの様子にも、どこか心ここにあらず、といった雰囲気が見られた。

しかし――本当は和代こそ、呑気《のんき》にしていられないのだ。

和代は犯人を知っている。しかも、本間道子が殺されたのは和代のせいなのだ。

しかし、そんなことは宗和にも言えなかった……。

「あ、いけね」

と、宗和が言った。「ケータイ、部屋に忘れて来た。取ってくるよ」

「今、使うの？」

「ないと落ちつかないんだ」

和代は肩をすくめた。若い子のことはさっぱり分らない。

そう……。どこへ行くといって、旅館にお金を使って泊るのでは大変だ。しかし次のあてはない。

和代は改めて自分が誰からも好かれていなかった、という事実を、認めざるを得なかった。といって、ここで反省したりしないのが和代である。

「全く！　本当に辛い人間ってのは、誰からも分っちゃもらえないんだわ」

と、口に出して言ったのである……。

そうね。――もう少し安い宿へ移ろうかしら。ここはお安くないし、その割には料理は大したことないし……。

と、ケチをつけていると、宗和が戻って来た。

ケータイを持っている。

「母さん」

「何？」

「荷物、どこへ送ったの？」

和代はわけが分らず、

「何の話？　送るって——誰が？」

「母さんじゃないの？　だって、部屋、空っぽだったぜ」

和代は苦笑いして、

「あんた、別の部屋に入ったんじゃないの？」

「そんなことないよ。だって、ケータイだけ、ちゃんとテーブルの上に置いてあったもん」

「ケータイだけ……」

「鍵《かぎ》、かかってなかったからさ、もう出るつもりなのかと思った」

初めて、和代は不安になった。

あわてて ラウンジを出ると、部屋へ。――確かに、鍵をかけたという記憶がない。

でも……まさか……。

部屋へ入ると、本当に「空っぽ」だった。

何もかもなくなっている。スーツケースやバッグ、棚へ入れておいた服も、きれいにない。

「――な？　なくなってるだろ？」

と、宗和が得意げに（！）言った。

和代がヘナヘナと座り込んで、

「盗まれたんだわ……」

と、かすれた声で言った。

宗和が笑って、

「冗談だろ」

と言ってから、「――本当に？」

「どうしよう！」

と、和代は頭を抱えてしまった。

6　夜の客

「遅くにごめんなさい」

と、コートをはおったその女性は〈ホテル犬丸〉の玄関を上った。

「いえ、ご予約もちゃんといただいておりますし」

と、永田が言った。「ええと……中河《なかがわ》様でいらっしゃいますね」

「はい、中河千津《ちづ》です」

「ではお部屋の方へ」

永田がスーツケースを運ぼうとしたが、

「いえ、自分で持ちます」

と、中河千津は言った。「ちょっと壊れやすいものが入っているので」

「かしこまりました」

そこへ、佐知子がやって来た。

「まあ、いらっしゃいませ。ここの支配人の矢澄佐知子と申します」

「まあ、お若いのね。中河千津です」

コートの下は地味だがきっちりしたスーツ。ベテランのＯＬという印象だった。

「東京からでいらっしゃいますか」

「ええ。途中手間取って、こんな時間に」

もう夜中、十二時を過ぎている。

「失礼ですが、ご夕食はおすみですか」

と、佐知子は訊いた。

「あ……。それが、途中、ずいぶん捜したんですけど、どこも……。でも、こんな時間ですから」

「お客様をお腹の空いたままにしておくなんて。――永田さん、調理場へ行って、何かできるものを用意させて」

「分りました」

「すみませんね」

「とんでもない。じゃ、お部屋へご案内します」

と、佐知子は先に立って、「温泉は、遅くても入っていただけますので」

「嬉しいわ」

と、中河千津は笑った。

部屋へ入ると、佐知子は中をザッと案内して、

「何かございましたら、その電話で9番へ。二十四時間、必ず誰かおります」

「ありがとう」

と、息をついて、「東京都心のホテルでもないのに、珍しいわね」

「交替で詰めておりますので」

と、佐知子は言った。

そこへ永田が顔を出し、

「簡単なものしかできませんが、ご用意いたします。二十分ほどいただければ」

「じゃ、一度お風呂へ行って来ますわ。三十分したら、持って来て下さい」

「かしこまりました」

佐知子と永田は、一緒に部屋を出た。

「感じのいい方ね」

「いかにも仕事のできそうな女性ですね」

「こんな町に、お仕事かしら」

「そうですね。休暇を取って、とも思えません」

もちろん、客のことをいちいち調べたりするわけではない。世の中には色んな仕事があるのだ。

佐知子が玄関の方へ戻ると、ロビーで吉川が新聞を広げていた。

「お出かけだったんですね」

と、佐知子が声をかけた。

「ああ。急に会長に言いつかって。しかし、君がちゃんとやっているから、僕は暇で困る」

「そんなこと……。お食事は？」

「済ませたよ。一風呂浴びるかな」

「ええ、ぜひ」

と、佐知子は微笑んだ。「大杉さんはお元気でいらっしゃいます？」

「以前にも増してね。突然ニューヨークから電話がかかって来たりするんで、びっくりだよ」

「まあ」

「とても七十とは思えないな。——明日は、来週のイベントの打合せだったね」

「はい。吉川さんも出て下さいね」

「話を聞くだけだよ」

「そんな……。アイデアを出していただかないと」

「君の腕の見せどころじゃないか」

常連客はもちろん、これまでここに泊った客へ、新しい女将としての佐知子の挨拶と共に、紅葉《こうよう》の時季のイベントを紹介しようというのだ。

といっても、何をやるかはまだこれからだが、佐知子は、ここの従業員全員から、アイデアを募ろうと思って、すでに声をかけていた。

「そうだな。予算的なことで、それをやるならいくらぐらいかかる、とか、そんなアドバイスはできるかもしれない」

「お願いします。みんな慣れていない人ばかりですから」

「頑張れよ」

吉川に肩を叩かれると、佐知子はちょっと頬を赤らめた。

会長の大杉から、「ここに残れ」と言われた吉川だが、やはり吉川でないと分らない用事もあって、しばしば東京へ呼び出されていた。

そこへ、浴衣姿の中河千津が、少しほてった顔でロビーを通りかかった。

「いかがでしたか、お湯は」

と、佐知子が訊くと、

「ええ、とてもいいわ。体の芯《しん》から暖まるわね」

と、中河千津は湿った髪へ手をやって言った。

そして、吉川と目が合ったが……。

「まあ」

先に口を開いたのは、中河千津だった。「吉川さん？」

「驚いたな！　中河さんですね？」

「お知り合いですか」

と、佐知子が訊く。

「まあね。〈Gファッション〉の先輩だったんだ」

「それじゃ――」

「今はもう退社して……。何をしてるんです？」

「さあね」

と、千津はニッコリ笑って、「会長さんはいかが？　相変らず秘書なんでしょ？」

「こき使われてます」

と、吉川は言った。

「でも、こうしてのんびりしてるじゃない」

「仕事なんです、こう見えても」

「あら、失礼」

と、千津は言って、「一つ、その仕事について、私の部屋で一杯やりながら聞かせてくれない？」

「いいですね」

二人は楽しげに語り合いながら行ってしまった。

それを見送って、佐知子は、

「大人だなあ」

と、羨ましげに呟いたのだった……。

和代は深夜、大浴場でお湯に浸《つか》っていた。

「ああ……。参ったわ、本当に！」

こんな時間に入っているのは和代だけだから、いくらグチを言っても文句は言われない。

財布は手元に持っていたが、スーツケースの中に入れていた現金は持って行かれてしまった。

旅館の女将として、いつも「貴重品は金庫かフロントに」と言って来たくせに、自分は面倒で、そうしなかったのだから、笑われても仕方ない。

呑気な宗和も、さすがに、

「どうすんだよ！」

と、やかましく言っていて、和代は別にお風呂に入りたかったわけではないのだが、それから逃げてやって来たのだった。

「まさか……ね」

このホテル代も払えないのだ。だからといって、皿洗いするわけにもいかない。

いや、それだけではない。あのバーテンの有田からも、「一週間以内に五百万」と言われている。

さすがに強気な和代も、こうなっては途方に暮れるばかりだった……。

「あら……」

脱衣場への戸の向う、すりガラス越しに人影が動いた。――こんな時間に入る物好きがいるのね。

しかし、誰も入って来ない。

ここの従業員かしら？

「ああ！　のぼせちゃう！」

もう宗和も眠っているだろう。

少しフラフラしながら、和代はお湯から出た。

戸を開けて脱衣場に入ると、スーッと涼しくなってホッとする。

「まあ、一晩寝れば、何か思い付くかも……」

と、自分に向って言い聞かせると、脱いだものを入れたカゴを取り出す。

「あら、何だか……」

自分がカゴに入れたときと、どこか違うようだ。誰かがいじったのだろうか？

「もう盗られるものはないわ。パンツでも持って行きなさい」

と、やけ気味に言って、下着をつけ、浴衣を引張り出すと――。

何かが足下に落ちた。封筒《ふうとう》だ。

「何かしら……」

浴衣を着てから、拾い上げる。分厚い封筒だった。

封を切って出してみると、和代は言葉を失って、しばし立ち尽くしていた。

それは一万円札の束だった。一束、本物なら百万円だろう。

「——何、これ？」

封筒から、フワリと手紙が落ちた。開いてみて、さらに驚きが和代の口をポカンと開けさせた。

〈ご災難を耳にして、じっとしていられず、参上しました。とりあえず、百万置いて行きます。またお困りの節はいつでも。あなたの友〉

あの男だ！　女将を殺した男に違いない。

でも……目の前の百万円は光り輝《かがや》いて見えた。これがあれば、もう少しのんびりしていられる。

もちろん、とんでもないことだ。相手は殺人犯なのだから。

でも、お金はお金。お金に罪はない！

和代は、急いで部屋へ戻った。——宗和はグーグー眠っていた。

札束をどこへしまおうか、と迷っていたら、ケータイが鳴り出してびっくりした。

「私のケータイだわ」

出てみると、

「もしもし？」

「災難でしたね」

と、その男は言った。

「あ……。どうも」

と、和代は言った。「でも、こんなお金、受け取るわけには——」

むろん受け取るつもりだった。

「いや、私の志《こころざし》です」

「では、いただきます」

と、和代はアッサリ言った。

「お役に立てば幸いですよ」

と、その男は言った。

「本当に、困ってたんです」

と、和代は言った。「これでこのホテル代も払えます」

「のんびりされるといいですよ。ただ、もう部屋の鍵はかけ忘れないように」

「はあ……」

どうしてこの男は和代のことを何もかも知っているんだろう？

訊いてみたかったが、殺人犯と、これ以上係りを持ちたくないという思いもあった。

「今、他に困っておられることはありませんか？」

そう訊かれて、和代は一瞬詰った。あのバーテン、有田からゆすられていることが頭に浮んだのだ。

しかし、そんなことを話して、もし……。

「――いえ、特に何も」

と、和代は言った。

少しの間、相手は黙っていたが、

「私を信用して下さらないんですね」

と、しばらくして言った。

「え？」

「今、話そうかどうしようかと迷いましたね。何か困っておいでなんでしょう？」

「それは……」

「私の誠実さは分っていただいていると思いましたが」

「ええ、もちろんです！」

「では話して下さい」

「あの……」

「私は、信頼を裏切られるのが何より嫌いでしてね」

男の口調が少し変った。「どうか、あなたを憎《にく》むようなことにはさせないで下さい」

和代はゾッとした。

「――申し訳ありません。これ以上、あなたに甘えるのも、と思って……」

「遠慮はいりません」

「はあ……。実は今、お金を出せとゆすられていて……」

話しながら、和代は汗が流れ落ちるのを感じていた。

「――なるほど」

と、男は言った。「バーテンがね」

「ええ。でも、そんな話を警察が取り上げるとは思えませんけど」

「いや、一旦払ってしまえば、そういう男はずっとあなたにまとわりついて来ますよ」

「ええ、まあ……」

「有田といいましたね」

「はい。——でも、うまく話をすれば……」

「任せて下さい」

「あの——」

「ご心配なく。もうその男があなたを悩ませることはありません」

そう言うと、通話は切れてしまった。

和代はホッと息をついたが、同時に、

「どうしよう……」

と、青ざめていた。

あの男は、バーテンの有田のことも殺してしまうかもしれない。和代のせいで、二人も殺される……。

しかも、金までもらっている。どうすればいいの？

〈ホテルM〉の女将に続いてバーテンまで殺されたら、警察はどう思うだろう……。

しかし——あの言い方では、逆らえば今度は和代が殺されるかもしれない。

「困ったわ……」

和代は途方に暮れた。

「――どうしたの？」

いつの間にか宗和が起きていて、声をかけて来た。和代はびっくりして声を上げそうになった。

「――何よ！　びっくりさせないで！」

「別にびっくりさせてないぜ」

と、宗和は欠伸《あくび》して、「――その封筒は何？」

「え？　ああ……」

「見せて。――金じゃないか！　どうしたの？　盗んで来たの？」

「やめてよ！　借りたのよ」

「へえ。誰から？」

「あんたの知らない人よ。たまたまお風呂で会ってね」

「凄《すご》いな。百万？　太っ腹だね」

「まあね。当分大丈夫よ」

「安心して眠れるよ」

「今までだってグーグー寝てたくせに」

と、和代は苦笑した。

そうだ。とりあえずはゆっくり寝よう。先のことはまた明日考えればいい……。

和代は汗をかいているのに気が付いて、

「もう一度、お風呂に行ってくるわ」

「また？　ふやけちまうぜ」

と、宗和が呆れて言った。

7　孤独な影

「じゃ、出張扱いにならないの？」

と、夕里子が言った。

「うん。課長に怒鳴られちまった。『勘に金は出せん！』だって」

――朝食の席だった。

「じゃ、帰るの？」

「いや、せっかく来たんだ。もう一泊するよ」

「いいな、刑事って暇そうで」

と、珠美が言った。

「失礼よ」

と、綾子が言った。「暇なのは国友さんだけかもしれないでしょ」

「それってもっと失礼じゃない？」

と、夕里子が言った。

食堂は、朝食をとる客でにぎわっている。

「おはようございます」

と、佐知子がにこやかにやって来た。

「やあ、どうも」

と、国友が少々申し訳なさそうに、「突然で、ゆうべは……」

「いえ、そんな。ゆっくりおやすみになれましたか？」

「充分にね」

「お客様がおいでです」

「僕に？」

「刑事さんです。あの〈ホテルM〉の本間さんが殺された件を捜査しておられる方だとか」

「ああ、分った。すぐ行きます」

国友は肯いて、「事情を聞いたりしたんだ。確か、市川《いちかわ》っていったかな」

国友が立ち上る前に、コートを腕にかけたいささかくたびれた感じの中年男がやって来た。

「お食事中、すみません」

「やあ、昨日はどうも。いや、もう済んだところで」

「そうですか。旨そうですね……」

市川という刑事の目が、夕里子たちの朝食の膳《ぜん》にじっと注がれている。

「もしかして、朝ご飯、まだですか？」

と、夕里子が訊くと、

「あ……。まあ、実をいうと、妻に逃げられて三年。朝食はいつも抜きになっておりまして……」

聞いていた佐知子が微笑んで、

「じゃ、ご用意しますから、召し上っていって下さい」

「とんでもない！　こんな高級ホテルの朝食など、我々の安月給では……」

「どうぞ、こちらのおごりですから」

「いや、それでは申し訳ない……」

と言いつつ、早くも椅子を引いて座っている。

「市川さん、何かあったんですか？」

と、国友が訊く。

「ええ。駅近くのバーで聞き込みをしてみたら、女将の殺された前の晩、酔って女将の悪口をしきりに言っていた人物がいたと……」

「誰ですか？」

「女だってことは分ってるんですが、そのバーの客はほとんど旅行客ですから、なじみがない人ばかりだそうで」

「なるほど」

「ただ、バーのママは、前にどこかで見たことのある顔だった、と言ってます」

すると夕里子が、

「聞いたのは？」

と言った。

「え？」

「話していたのは女の人で、でも話した相手がいるわけでしょ」

市川はちょっと面食らって、

「――なるほど。そうだ」

「訊かなかったんですか？」

と、夕里子に言われ、

「いや……申し訳ない。バーのママが何も言わなかったので、つい……」

市川は立ち上って、「早速これからもう一度あのバーへ――」

「バーは逃げやしませんよ」

と、国友は笑って、「朝食をとってから、僕もご一緒します」

「ありがたい！」

市川は汗を拭って、「実は、ぜひお力を借りたいと思いまして」

「大丈夫ですよ。今、国友さん、暇ですから」

と、珠美は言って夕里子ににらまれている……。

市川は、朝食セットを出されて、

「こんな朝ご飯……。何十年ぶりか……」

と、涙ぐまんばかり。

「そんなに急いで食べなくても…」

と、珠美が言った。

珠美の言葉は、全く市川の耳に入っていなかった。ともかく、食べることに必死だったのである。

「勇一君は？」

と、佐知子は永田に訊いた。

「さあ。まだ寝てるんじゃないですか」

「そう。じゃ、起きるまでそっとしておいてあげて」

「分りました」

——佐知子にとって、朝は忙しい。

帰る客は時間もまちまちで、お見送りだけでも大変である。しかし、女将としては必ず挨拶しておかなくてはならない。

終り良ければすべて良し、ではないが、最後にホテルを出るときに気分良く出てもらわなくては、すべての印象がそこで決るのである。

「本田《ほんだ》様、ありがとうございました」

と、ちゃんと名前を言って挨拶する。

そうすると、

「ありがとう。また来るよ」

と言ってもらえる。

今も二組の客を送り出して、ホッと息をついていると、

「よく名前、憶えてられますね」

と言ったのは、ロビーから見ていた夕里子だった。「毎日、大勢出入りするのに」

「憶えていられません、もちろん。私、頭悪いし」

佐知子は微笑んで、「永田さんが、ちゃんとメモして渡してくれるんです」

と、右手を開いて見せた。

小さなメモ用紙がてのひらに貼り付いている。

「なるほど」

「でも、難しいんですよ」

と、佐知子は言った。「名前、呼んじゃいけないときもあるんです」

「へえ」

「男の方が、若い彼女を連れて泊られたとき、もちろん、奥さんに知れてはいけないので、お発《た》ちのときも、ひっそりと、黙ってお辞儀するだけにしておきませんと。大きな声でお名前を呼ぶと、たまたまお知り合いの方が泊ってらしたりして、せっかくの秘密の旅がばれてしまったりしますから」

「ああ、そうか」

夕里子は笑って、「大変なんだホテル業も」

「ええ。夕里子さんのお年齢《とし》では、まだ関係ありませんね」

「うちはいつも三人姉妹で一緒ですし」

「羨ましいです。仲のいいご姉妹で」

「仲がいい、っていうか、役割分担が決ってるもんで」

「夕里子さんが一番しっかりしてらっしゃるんですね」

「分ります？　――まあ、上があああいう風ですから」

と、夕里子は言って、「姉がクシャミしてるかも」

そこへ、

「クシュン！」

と、本当に綾子がクシャミをしながらやって来た。

「お姉さん、海岸に行くんじゃなかったの？」

「行ったわよ」

と、綾子は言った。「だからクシャミしてるでしょ」

「クシャミがどうしたの？　寒かった？」

「足が濡れて」

「波で？　そんな所まで行かなきゃいいじゃない」

「だって、海に入ろうとする人がいたから、止めたの」

「この寒いのに海水浴？」

「服、着たままだから、海水浴じゃないと思うわ」

「お姉さん、それって……」

「腕つかんで引き戻したら、結構すぐ素直に出て来たから、本人もどうしようか迷ったんじゃない？　死のうとしたけど、こんなに水が冷たいなんて、って」

「お客様が海に？」

と、佐知子が言った。

「ええ。ほら、ゆうべの――幼なじみとか言ってた人」

佐知子が息を呑んで、

「勇一君が？　徳田勇一君ですか！」

「ええ。珠美が見張ってるから、大丈夫。見逃してくれって頼まれても、あいつはお金出せ、って言うから」

「行ってみます」

佐知子が駆け出す。夕里子も急いで後を追った。

——確かに、珠美はしっかり見張っていた。

海辺の砂の上に、徳田勇一が座り込んでいる。珠美はなぜかベルトを手に立っていた。

「勇一君！」

と、佐知子が駆けつけて来た。「大丈夫？」

「佐知子ちゃん……。ごめんよ、朝の忙しいときに」

勇一は青白い顔で言った。

「そんなこといいわよ。真青じゃない！　ズボン、濡れてるわ」

「ああ……。意気地なしなんだ、僕は」

と、うつむいて、「てっとり早く済ませちまえば良かったのに、波打ちぎわでグズグズしてて、引き戻された」

「良かったじゃないの！　死のうなんて、どうして？」

勇一は黙って首を振るだけだった。

「ともかく、中へ入って」

と、佐知子は言った。「それじゃ風邪ひくわ」

「珠美」

と、夕里子が言った。「何、そのベルト?」

「この人の」

と、珠美が勇一を指さす。

「どうしてベルト持ってるの?」

「また海に入ろうとしても、ズボンが落っこちて転んじゃうように、取り上げた」

「呆れた。返してあげなさい」

「いいえ、よくやって下さって」

と、佐知子は言った。「さあ、勇一君!」

「うん……。でも……」

と、勇一は情ない顔で、「もう海に入らないから、ベルト、返してくれないかな。やっぱり戻るにしても歩けない」

「まあ、返してやるか」

珠美は偉そうに言った。「その代り、どうして海に入ろうとしたか、話してもらうわよ」

「いや……。それは……」

「いいじゃないの」

と、綾子も後からやって来て、「人それぞれ、悩みはあるのよ」

勇一は返してもらったベルトをズボンに通して、

「佐知子ちゃん、ごめんよ」

「心配かけて！　ともかく、もう絶対こんなことしないでね！」

「うん……」

と肯いて、「ともかく、海はとっても冷たいってことが分ったよ」

――ホテルの中へ戻ると、佐知子は勇一を大浴場へ連れて行って、

「ともかく暖まって！　勇一君が入ってる間に、着替えを用意しとくわ。こんなズボン、はけないでしょ、砂だらけで」

「ありがとう……」

勇一が〈男湯〉へ入り、綾子も足を濡らしたので〈女湯〉へと入って行った。

「永田さん」

佐知子は、ロビーで永田を呼び止めて、「勇一君が、ズボン海で濡らしちゃったの。替えのズボンを誰かに買いに行ってもらってくれる？」

「分りました。――これと同じサイズですね？」

と、濡れたズボンを受け取る。

「待って。ズボンだけじゃなくて、着替えもなかったわね。——いいわ、私、自分で行って来る。すぐ戻るから、お帰りのお客様、お願いね」

「私が行って来ますよ」

「いいえ。他のものも——下着とか、買って来るわ。私の方がいい」

「分りました」

「お財布、取って来なきゃ」

佐知子は駆け出して行った。

「よっぽど仲が良かったんですね」

と、それを見ていた夕里子が永田に言った。

「ええ。——恵まれない子同士、兄妹みたいに身を寄せ合ってました」

と、永田が肯いて、「しかし、この寒いのに、どうして海へ？　もしかして……」

「お察しの通りです。たまたま姉が引き戻して」

「そうですか」

「勇一さんって、きっとここへ死のうとして来たんですね。旅の仕度も何もしないで。泊るってこと、考えてなかったんですよ」

と、夕里子は言った。「何かよほどのことが……」

「可哀そうに。――すぐ落ち込む子でしたからね」

と、永田は言った。「その点、佐知子さんは、女将さんにどんなに怒鳴られ、いじめられても、立ち直る強さがありました」

「女の方が強いんだ」

と、珠美が言った。

「そうですね」

と、永田は笑って、「いきなり支配人にされて、どうなるかと思いましたけど、佐知子さん、ちゃんとやってますからね」

「適応力があるんです」

と、夕里子は言った。「人を思いやる余裕も……」

佐知子が財布を手に、急いで出かけて行くのを、夕里子は眺めて、

「何かよほどのこと……」

と呟いた。

8　一人一人の秘密

「あら、女将さん」

スーパーの店員にそう声をかけられて、佐知子は、

「やめてよ、人をからかって」

と、その女店員をにらんだ。

「だって、本当じゃないの」

と、女店員は笑って、「でも、評判よ。佐知子さん、よくやってるって」

「無我夢中。何だか分らないわ」

と、佐知子はレジにドサッと男物の下着や靴下を置いた。

小さな町だ。スーパーといっても駅前のここ一軒だけで、それも二階建。一階が食

料品で二階は衣類。

それでも買物には便利で、佐知子もよくここへあれこれ買いに来させられたものだ。

二階のレジにいる女店員は、佐知子と顔なじみで、安田《やすだ》靖代《やすよ》という。二十七、八だろうか。この〈スーパーN〉ではベテランである。

「男物ばっかり？　佐知子さん、亭主でも持ったの？」

「違うわよ。お客様が服を濡らしちゃって」

「へえ。でも、パンツ五枚も？」

「いいでしょ！　早くしてよ」

「あ、赤くなった。怪しいな」

からかわれると、ますます真赤になってしまう佐知子だった。

安田靖代はふっくら太った女性で、まだ独身。佐知子をからかうのはやめて、品物を手早く袋へ入れる。

「領収証は？」

「いらないわ」

と、支払いをして、佐知子はふと靖代の肩越しに、吉川の姿を目にとめた。

靖代が佐知子の視線を追って振り返ると、

「ああ、あの人でしょ、〈犬丸〉に泊ってる──」

「ええ。私の指導役よ」

と言って、佐知子は吉川に声をかけようかと思ったが、そのとき、

「お待たせ」

と、化粧室から出て来たのは、ゆうべ遅く着いた中河千津だった。

「向いに喫茶店がある。コーヒーでも飲んで行こうか」

と、吉川が言った。

「そうね。こういう所のコーヒーってどうなのかしら」

「それが、なかなかのもんだよ」

と、吉川が言って、二人はエスカレーターで一階へ下りて行く。

靖代がそれを見送って、

「あの女の人、初めて見たわ。知り合いみたいね」

「ええ。吉川さんと同じ会社にいたんですって。ゆうべ遅く着いたの。偶然出会って、二人でびっくりしてたわ」

「へえ。恋人同士だったのかしら」

それを聞いて、佐知子は面食らって、

「そんなこと——。知らないけど、違うんじゃない？」

「そう？　でも、何だかいい雰囲気だったじゃない」

佐知子は、靖代に言われるまで、そんなことは考えてもみなかった。でも——確かに、中河千津の方が少し年上だろうが、恋人同士になってもおかしくはない。

でも、それなら偶然出会ったときに、もう少し何か違う反応を見せたのではないだろうか。

そして、佐知子は思い出した。

中河千津は、自分の部屋に吉川を誘ったのだ。「一杯やりながら」と言っていたが……。

吉川は、あの女性の部屋に行って——そして、どうしたのだろう？

思ってもみなかった。——吉川が中河千津の部屋に泊ったかもしれない、とは。

「どうしたの？　ぼんやりしちゃって」

と、靖代に言われて、佐知子はハッと我に返り、

「ごめん！　ちょっと考えごとしてて。——それじゃ、また」

「うん。これから忙しいわね」

「ええ。でも、体だけは丈夫だから」

と笑って見せて、佐知子は紙袋を手に、エスカレーターへ向った。

スーパーを出て、〈ホテル犬丸〉に戻りがてら、佐知子の目はスーパーの真向いにある喫茶店の方へ向いていた。

ガラス張りの店内に、吉川と中河千津の姿が見えた。向い合ってコーヒーを飲みながら、親しげに話している。佐知子のことには全く気付いていない。

いつしか佐知子は足を止めて、吉川たちをじっと眺めていた。——やめなさい！気付かれたら妙な子だと思われる。

すると、不意に中河千津が佐知子のことを見たのである。佐知子はドキッとした。

中河千津は微笑んで佐知子に向って会釈した。佐知子も会釈を返した。

吉川が佐知子を見て、手を振った。佐知子は急いで歩き出した。——おかしな子だと思われていないだろうか？

佐知子はひたすら〈ホテル犬丸〉へ向って歩いて行った。


「今どき珍しい子ね」

と、中河千津は言った。「本当に、このコーヒー、悪くないわ」

「だろう？　ちゃんとていねいに淹《い》れてるんだな」

吉川は佐知子の姿が遠ざかって行くのを眺めて、

「会長はすっかりあの子を気に入ってる」

「分るわ」

と、千津は肯いた。

二人はしばらく黙ってコーヒーを飲んでいたが……。喫茶店内は、半分ほど席が埋っていた。

二人のすぐ近くのテーブルの客が立って出て行くと、二人はちょっと息をついた。

「誰も聞いちゃいないけど……」

と、吉川は言った。「ゆうべ訊きそびれたけど、どうして本名で旅してるんだ？」

「いけない？　別に指名手配されてるわけじゃないもの」

と、千津は肩をすくめた。「偽名で暮すなんてくたびれるわ」

「しかし、本当に懐しそうに声かけて来たのにはびっくりしたよ」

「あら。あなただって合せてたじゃない」

「勢いだよ。ああ言われたら、他に手はない」

「ともかく、今さら二人の関係は変えられない。そうでしょ？」

「そうだな……。君が会社の金を五千万も持ち逃げしたなんて言っても、誰も信じてくれないだろうね」

「でも、会社だって届けなかったじゃない」

「あのころ、吸収合併で大変だったからね。銀行に知れたら、資金を貸してくれなくなる心配があった。だから秘密にしたんだ」

「おかげで助かったわ」

「しかし——もし会長が知ったら？」

「知らせる？　でも、そのつもりなら、とっくに知らせてるわね」

吉川は、しばらく黙っていたが、

「——ゆうべの話は本当かい？」

と言った。

「どの話？　しばらく男とごぶさたしてたってこと？　それとも——」

「それもある。でなきゃ、僕のことなんか見向きもしないだろ」

「そんなことないわ。あなた、ずいぶん逞《たくま》しくなったわよ」

「君の言うことを信じてたら、危いことになりそうだ」

「だったら、どうして訊くの？」

「興味があったからさ」

千津は、コーヒーをゆっくり飲み干すと、

「妙ね。——あのころは何でもなくて、今になって会ったとたんにこうなるなんて」

「君の仕掛けた罠《わな》じゃないよな」

「そうとっさに悪いことを考えられるほどは悪党じゃないわ」

「まあ、確かに。——僕でなくても良かったんだろ、ゆうべは」

「あなたでなきゃ、誘わないわ。初めっからね」

「それより、もう一つの話の方だ」

「お金の話？」

「もちろん。あの五千万は本当に残ってないのか」

「お金に困ってなきゃ、あんなことしないわ。当然、五千万円の大半は、『困ってたこと』を解消するために使ったわよ」

「それじゃ、ゆうべの仕事の話は？」

「残ったお金を見て考えたの。こんなお金、使っちゃったらアッという間だ、って。だから、次の稼ぎのために投資しようってね」

「それは別の話だろ？」

「もちろん、あれから……。そうね、三件の仕事を手掛けた。一つは当て外れだったけど、後の二つはまずまず」

「じゃ、今はかなり懐《ふところ》が暖いんだね」

「投資よ。次の仕事のための」

「それがゆうべ言ってた……」

「そう」

「三億の稼ぎって本当かい？」

「私の計算ではね」

――しばらく、二人は口をきかなかった。

どっちも分っていた。「口を開けば、もう後戻りはできない」ということが。

「――それで？」

結局、口をきいたのは千津の方だった。

「どうするの？」

吉川は、なお少しためらっていたが、やがて思い切ったように、

「一緒にやろう。いや、やらせてくれ」

と言った。

「分ってるでしょうけど、下手をしたら捕まる仕事よ」

「ああ、分ってる」

「そうなっても、私は責任を負わないわよ」

「自分のすることぐらい分ってるさ」

「それならいい」

「三億、もし入ったとして、僕はいくらもらえるんだ？」

千津は微笑んで、

「捕らぬ狸《たぬき》の皮算用はやめておいた方がいいわ。でも仮定としての話なら、あなたに一億、私が二億でどう？」

「一億か！」

と、吉川はため息をついて、「もちろん、それでいいよ」

「結構。じゃ、これで手打ちね」

と、千津は言った。

「それで、何をやろうっていうんだ？」

と、吉川は訊いた。

「このN町から電車で三十分行くとK市でしょ」

「うん」

「そこにK市立美術館があるわ。明日から、仏像や絵画の国宝が何点か展示される」

「まさかそれを……」

「いただくのよ。中国の古美術商が狙ってて、いくらでも出すと言ってる」

「危くないか？」

「もちろん、手早くやる必要があるわ。でも一旦中国へ渡ってしまえば、もう調べることもできない」

「それはそうだろうな」

と、吉川は肯いて、「で、どうやって盗み出すんだ？」

「それは今は言わない。あなたを信じないからじゃなくて、口で説明しても分らないから」

「そうか。それじゃ……」

「明日のにぎやかなオープニングに、私たちも参加するのよ」

と、千津は言った。

「話してた相手？」

バーのママは首をかしげて、「男……だったけどね」

「知ってる男？」

と、市川刑事は訊いた。

「いいえ。見かけない人だった」

と、首を振って、「こんな店、旅行客ばっかりよ。常連さんなんて、ほとんどいないわ」

「そうだろうね」

と、国友は肯いて、「どんな男だったか、憶えてる？」

「さあ……。ずっとグチッてた女がこっちへ顔を向けて、男の方は背中向けてたから……。よく分んないわね」

「支払いは？」

「男の人だったわね。現金で」

「それでも顔が分んないのか？」

と、市川が渋い顔をする。

「そのときはお金の顔しか見てないわよ」

と、ママが言い返した。

国友はつい笑ってしまった。

「それで、殺された本間さんの悪口を言ってたんだね。その女は？」

「ええ。途切れ途切れで、どんなことかは分らなかったけど」

「本間さんの名前が出た、ってこと？」

「名前……。というより、〈ホテルM〉の名前が出てたわね。『そこの女将さん』って話してた」

「知り合いのようだった？」

「そうね……。『古い付合いなのに』とか言うのが聞こえたから、きっとそうなんじゃない？」

「古い付合い、か……」

国友がメモを取る。

「あ、いけない！」

ママの手から洗っていたグラスが滑り落ちて、割れてしまった。

「あーあ、高かったのよ、このグラス」

と、ため息をつく。

「俺のせいじゃないぜ」

と、市川が言った。

「もし何か思い出したら、この市川さんへ知らせて下さい」

と、国友は言った。

「ええ、分りました」

「邪魔したね」

と、市川は言って、国友と一緒に、開店前のバーを出て行った。

――バーのママ、久我弥生《くがやよい》は、割れたグラスの破片《はへん》を拾いながら、

「手を切らないようにしないとね……」

と、呟いて、それから二人の刑事が出て行った戸口の方へ目をやった。

出て行ったのよね、本当に。――少し様子をうかがってから、

「ああ……。びっくりした」

と、胸に手を当てた。

気付かれなかったかしら？

久我弥生は、刑事と話していて、「古い付合い」と言っていた、と話したところで思い出したのだった。

あの女は、〈ホテル犬丸〉の女将だった！　思い出したせいで、グラスを取り落と

した。

でも、そのおかげで、刑事たちには気付かれなかったようだ。

「犬丸……和代っていったわ」

思い出してみれば、どうして今まで思い出せなかったかふしぎだ。

グラスの破片を片付けながら、弥生は、あの犬丸和代が最近〈ホテル犬丸〉から叩き出されたという話を思い出していた。

本間道子の悪口を言っていたのを考えると、おそらく犬丸和代は〈ホテルM〉に泊っていた。そして本間道子から冷たくされたのだろう。

「あの人もケチだったからね……」

と、弥生は呟いた。

自分のホテルにもバーがあるのに、ここへ客が飲みに来るというので、弥生のことを嫌っていた。

確かに、こっちはたった一人でやっている小さなバーのママ。向うはホテルの女将だ。でも、そんなに偉そうにするほどのホテルでもないだろう。

弥生はグラスを一つ出すと、自分でビールを開け、注いだ。

どうして、気付いたことを刑事に言わなかったのか。——弥生自身、よく分らなかった。

ただ、とっさに「黙っていよう」と思ったのである。

そうよ。何も警察のお世話になったことなんかない。教えてやる義理はないわ。

弥生は店の電話を取り上げると、〈ホテルM〉へかけた……。

9　オープニング

「他に何かありませんか？」

と、佐知子は集まった従業員の顔を見渡して言った。

別に暑いわけでもないのに、佐知子は額に汗をかいていた。

ホワイトボードは、紅葉のシーズンを迎えて、〈ホテル犬丸〉としてやれること、の提案で埋っていた。

ちょうど仕事の手が空く時間、ほとんどの従業員が集まっている。

「何でも意見や提案を出して」

という佐知子の言葉にも、初めの内はほとんど声がなかったが、その内、一番若い仲居が思い切ったように手を上げて、

「駅への送迎バスに男の人が必ず乗るようにしたらどうでしょうか」

と言った。「お客様の荷物を運ぶのに役に立つと思います」

すると、他の一人が、

「男手が足りないわよ」

と言った。

「待って」

と、佐知子が言った。「実現できるかどうかは後で考えましょう。今は出た意見に否定的なことを言わないで」

それをきっかけに、若い人から次々にアイデアが出され、その内、ベテランの従業員からも提案が出始めた。佐知子はそれを次々にホワイトボードに書いて行くので、すっかり汗をかいてしまったのだ。

「いや、凄いじゃないか」

と、オブザーバーで参加していた吉川が言った。「これだけみんなが考えてるってのは大したことだよ」

「本当ですね！　汗かいちゃった」

と、佐知子が言うと笑いが起きた。

「時間のこともあるし、じゃ、アイデアは一応ここまでで――」

そこへ、

「国宝」

と、ポツリと言ったのは――綾子だった。

「え？　――佐々本さんですか、今の？」

「お姉さん、何なの、今の？」

と、夕里子が訊く。

「うん……。新聞に出てた。K市立美術館で〈国宝・仏像展〉がある、って」

「K市？　それなら電車で三十分ですね」

と、佐知子は言った。「知りませんでしたわ、そんなこと」

「芸術の秋だし……。〈国宝を見て温泉に！〉とかって……」

「いいですね！　早速、いつからなのか調べてみましょう」

「明日からだ」

と、声がした。

「まあ、先生」

木之内医師が立っていたのである。

「いつからいらしてたんですか？　気が付かなくて失礼しました」

と、佐知子は言った。

「いや、君もすっかり女将らしくなって来たと思って、感心していたんだよ」

「先生、からかわないで下さい」

と、佐知子は照れて、「今、先生、『明日からだ』っておっしゃったんですか？」

「ああ。K市の〈国宝展〉だろ？　明日のオープニングに、私も招かれている」

「そうですか！　じゃ、〈国宝を見て温泉に！〉って、ちょうどいいですね」

「そうだな。君もオープニングパーティに出席するといい」

「そんな……。招待されてもいないのに、図々しいですよ」

「いや、構わんよ。私の同伴ということにすれば。あそこの館長は幼なじみだ」

「でも、そんな所へ私なんかが……」

「いいじゃないか。僕も行こう」

と、吉川が言った。「あの展示は、うちもスポンサーになってる。大丈夫さ」

「私も同行しても？」

と、綾子が手を上げた。

「もちろん。三人でいらっしゃい」

「やった！」

と、珠美が言った。「食べるもの、出る？」

「珠美」

と、夕里子がにらむ。

「でも……」

と、佐知子が口ごもる。

「いいじゃないか、行こうよ」

吉川に言われて、

「ええ……。ただ……」

「そういう所へ着て行くものがない、でしょ？」

と、珠美が言った。

「そうはっきり言われると……」

「じゃ、早速パーティ用の服を買って来るといいよ。大丈夫、何かあるさ」

「でも……スーツでもいいですよね」

「パーティだよ。背中の大きく開いたドレスでも着ないと」

「吉川さん、からかわないで」

と、佐知子は真赤になった。

「私が選んであげる！」

と、珠美が張り切って手を上げた。

「あんた一人じゃ心配。一緒に行く」

と、夕里子が言った。

「なら、私も……」

綾子もそう言って、結局三人で佐知子の服を選ぶことになってしまった。

「でも、お客様にそんな……」

と、ためらっている佐知子だったが、

「お客の要望に応えるのが、支配人の役目！」

という珠美の言葉に、みんなが一斉に拍手して、佐知子も諦めるしかなかった。

「ハンドバッグと靴。それにアクセサリーも必要ね」

と、夕里子が言った。

「美容院を予約！　その髪のままじゃ」

「お願いですから」

と、佐知子は情ない顔で、「私は目立たないのが一番好きなんです」

「そう言われると、ますます腕が鳴る！」

珠美は愉《たの》しげに、「写真撮って、芸能事務所に送ろうか」

と言った……。


「冗談だったのに……」

と、珠美が言った。「本当に写真送りたくなった」

「本当だ」

と、夕里子が肯いて、「佐知子さん、きれいですよ！」

あの駅前の唯一の〈スーパーN〉の二階。

もちろん、そう洒落《しやれ》たドレスなど、あるわけではないが、それでも何とか佐々本三姉妹が「まあ、これなら我慢できる」と判定を下した赤いワンピース。

それに金糸の模様の入ったショールを肩に掛け、靴も服に合せて赤。

昼間、美容院で髪をセットして来た佐知子は、姿見の中のあまりに変った自分に呆然としていた。

「きれい」と言われて、いつもの佐知子なら、「とんでもない！」

と言うところだが、今は——自分でも「きれいだわ」と思っていたのである。

「へえ、凄い」

と、感心しているのは、女店員の安田靖代だった。

佐知子はやっと照れくさくなって、

「馬子《まご》にも衣装よ」

「いいえ」

と言ったのは綾子だった。「衣装だけじゃないわ。佐知子さんの内面の輝きがにじみ出ているから美しいの」

「まあ、そんな……」

と、佐知子が赤くなる。

「女将としての自信ね」

と、夕里子が肯いて、「それこそが本当の美人」

「もう勘弁して下さい」

と、佐知子はハンカチで額を押えて、「汗かいちゃいました」

「芸能事務所はやめとくわ」

と、珠美は、それでもケータイで佐知子を撮っていた。

「これは驚いた」

と、腕組みをして言ったのは、一行について来た木之内医師だった。「それなら、明日のオープニングパーティでも大いに目立つというものだ」

「先生のおかげです」

と、佐知子は頭を下げた。

「いやいや、君の中に隠れていたものが、姿を現わして輝き始めたんだ。もっともっと、君は美しくなる」

「じゃあ、私、恋もできますね！」

と、佐知子は言って、自分で恥ずかしがって真赤になってしまった。

「もしかして、もうしてるんじゃないの、恋？」

と、靖代が言った。

「よしてよ。そんなわけないでしょ」

と、佐知子はあわてて言うと、「汚したら大変。脱いで持って帰るわ」

「支払い、忘れないでね」

「もちろんよ」

みんなが笑った。

佐知子は幸せだった。——いつも、「笑われてみじめだった」のに、今は「笑われることが嬉しい」のだ。

「お手数かけました」

佐知子は三姉妹の方へ礼を言った。

そして試着室へ入ると、着替えて出て来た。

「靖代さん、包んでね」

「はいはい。靴も全部ね」

靖代が、服やショールなどを一つずつていねいにたたむ。

「ああ、暑い！」

佐知子は汗を拭った。

「佐知子さん、きれいよ」

と、夕里子が言った。「元の服に戻っても、どこか違う」

「そんな……」

恋？　――私だって恋はするだろう。佐知子もそうは思っていた。

吉川への想いは別としても。

でも、人が私に恋してくれるかしら？

佐知子としては、まだまだ自信を持つところまではいかなかった……。

「犬丸さん」

ロビーにいた和代を、ホテルの女性が呼びに来た。「お電話が」

「私ですか？　誰かしら」

「さあ……」

「出ます。――すみません」

フロントの電話を取った。

「もしもし。――犬丸ですが」

と、女の声で、やけに愛想がいい。

「まあ、女将さん？　その節はどうも」

「あの、どちら様？」

「あ、ごめんなさい！　憶えてらっしゃらないわよね。あのときは、ずいぶん酔ってらっしゃったし」

「酔ってた？　私が？」

「ええ。酔うと、人間正直になるものですよね。本当に、私もあなたと同じ意見ですわ。〈ホテルM〉の女将はいやな人でしたね」

和代はいやな予感がした。

「あなた、もしかして、駅前のバーの……」

「ええ、〈バーK〉のママですの。久我という名前で。久我弥生。どうぞよろしく」

〈バーK〉。――和代が、あの見知らぬ男にさんざん本間道子の悪口をこぼした店だ。

「あの――何のご用で？」

と、和代は訊いた。

「いえね、私も本間さんには色々言われてましてね。私のような小さなバーのママなんて、ひどく見下してましたわ。でも、バーだってホテルだって、お客様相手でしょ。ねえ？　どこが違うんでしょ」

「あの――」

「いえね、ちょっとお知らせしたくて」

「お知らせ？」

「今日、刑事さんが店にみえたんですの。そして、本間さんの悪口を言ってた人のことを色々訊いて行きました。でも、私は言いませんでしたの。あなたのこと、思い出したんですけどね。あの夜は、どこかで見た方だな、としか分らなかったんですけどね」

「それで……。私に何のご用？」

「ご用、って……。まあ、ずいぶんご機嫌の悪い声ですのね。私、あなたのために、よかれと思って……」

「確かに、あのとき、この〈ホテルＭ〉の女将の悪口を並べました」

和代は周囲に人がいないのを確かめながら言った。「でも、それがどうしたって言うんです？」

「私がどう思っても、それはどうでもいいんじゃありません？　問題は刑事さんが気にしてるってことで」

「私が本間さんを殺したとでも？」

「さあ。どうなんでしょう」

「いい加減にして下さい」

と、和代は苛立《いらだ》って、「悪口を言うのと人殺しをするんじゃ大違いです」

「そうですか。じゃ、私としては刑事さんにあなたのことをお話ししてもいいんですわね」

そう言われると、「どうぞ」とは言えない。

「そんなこと……。どうしてもっと早く言わなかったのか、って叱られますよ」

「あら、そんなこと。――やっと思い出したんですと言えば大丈夫でしょ」

と、久我弥生は言った。「間違えないで下さいな。私はあなたのためを思って――」

「じゃ、ただ黙ってて下さればいいでしょう」

「そうですね。でも、人間何かをすれば報酬というものが発生します。そうでしょ？」

「やっぱりね。――お金の話になるんだと思いましたよ」

「今、このバーもすっかり古くなりましてね。改装しないと、お客も入らなくなってるんです。でも、そんなお金が……」

「いくら欲しいとおっしゃるの？」

と、和代は言った。「払うと言ってるんじゃありませんよ。念のため」

「そうですね。無理は言いません。三百万でいかがでしょう？」

「私、とてもそんな余裕はありません」

と、和代は言った。

「あら、そんなこと」

「本当です！」

「分りました」

と、弥生は言った。「それならもうお話ししてもむだですね」

「あのね、そういうことじゃ——」

と、和代が言いかけると、

「あ、まだ開いてないんですよ」

と、弥生の言っているのが聞こえた。

バーからかけていて、誰かお客が来たのだろう。

「何時からだい？」

と、男の言っているのが聞こえた。

「あと一時間ほどで。すみません。お待ちしてます」

「分った。一時間したら来るよ」

その声を聞いて、和代は血の気のひくのを覚えた。

少し離れていたから、そうはっきり聞こえたわけではない。しかし、あの声は——

あの男のもののようだった。

「もしもし、ごめんなさい。せっかちなお客がいて」

と、弥生が言った。

「いえ……。私こそごめんなさい。ついカッとなっちゃって」

「ねえ、女将さん」

「私、もう女将じゃないの。ご存知でしょ」

「ああ。でも、女将さんって呼んだ方がピンと来るの。——ね、今すぐ三百万じゃなくてもいいの。今、とりあえず百万。後はできたときで」

「そう……。そういうことなら……」

「まあ、嬉しいわ」

「いえ……」

「じゃ、私、あなたのこと、絶対にしゃべりませんわ」

「よろしく」

「で、その百万ですけど……」

「明日、そちらへ伺います。どうなるか分らないけど」

あなたが生きてるかどうか、もね。

和代はそう心の中で呟いた。

10　空間

「それでは――」

ずいぶん芝居がかった調子で、その司会者は言った。「開場いたします！」

美術館の、高さ五メートルもある中扉が静かに左右に開いた。

集まった人々の間に、ため息ともつかないものが洩れる。

正面には、この〈国宝展〉の目玉でもある仏像が静かに座っていた。

照明が巧みなせいか、その仏像はまるで人間が座っているかのようで、入口の演出としては効果的だった。

「どうぞお入り下さい」

司会役は、ラジオ局のアナウンサーということだった。

K市の有力者を中心に、何百人かの招待客がゾロゾロと会場内へ入って行く。

初日、一般公開は昼十二時からで、それまでの二時間は招待者のみの公開だった。

「入ろう」

と、木之内医師が言った。「ここは初めてかね？」

「ええ、もちろん」

と、佐知子はいささか興奮気味で、「こんな所、一生入らないと思ってました」

「何かグッズ、売ってるかな」

と、珠美が言った。

「じっくり味わいなさい」

と、綾子がたしなめる。

「あ、吉川さんも」

と、佐知子は人々の中に吉川の姿を見付けて言った。

そして、その近くに、あの中河千津もスーツ姿で歩いていた。

二人は一緒なのだろうか？

佐知子は、目の前の仏像へ目をやった。

「――いい表情だ」

と、木之内が言った。

「ええ」

と、佐知子が肯くと、

「佐知子さん」

夕里子がそっとそばへ来て、「お連れ様が後ろに」

「え?」

振り返った佐知子は、そこにスーツとネクタイの姿で立っている徳田勇一を見てびっくりした。

「勇一君!」

「私が引張って来たの」

と、夕里子が言った。「少し出歩いた方がいいって」

「そうですね。——勇一君、似合うよ」

「君こそ、その服……」

勇一が微笑んだ。

立ち止っていると、他の客の邪魔をすることになる。

佐知子は勇一と二人、いつしか他の人々と離れて歩いていた。

「手をつないでいい？」

と、佐知子は訊いた。「見失いそうで、勇一君のこと……」

「うん。僕もそうしようと思ってた」

二人は手をつないで、一つ一つの作品を見て行った。——しかし、もちろん歴史や美術に詳しいわけでもないので、添えられた説明文を読んでいたが、やがてそれも疲れて……。

「——少し休もう」

美術館は、ゆったりした造りで、途中小さな椅子が並んだ休憩できるスペースがあった。

「——気持いいわね」

ガラス張りの天井から、明るい光が降り注いでいる。

「佐知子ちゃん……」

「うん」

「もう、『ちゃん』なんて呼んじゃいけないのかな」

「どうして？　同じよ、二人とも」

佐知子の言葉に、勇一はふと目をそらしてしまった。

「——同じじゃないよ」

「どうして？　私も勇一君も、少しも変ってないじゃないの」

「大違いだよ」

と、勇一は首を振って、「君は今、そうしてホテルの支配人だ」

「たまたまよ」

と、佐知子は微笑んで、「勇一君も、悩んでばかりいないで、前向きになって。——ホテルでまた働かない？」

「佐知子ちゃん——」

「私の下じゃいやかもしれないけど……」

「そんなことじゃないんだ」

と、勇一は首を振った。「違うんだよ」

「じゃあ……しばらくあのホテルで休んで考えるといいわ。これからどうしたいのか。ね？　そうしてちょうだい。費用のことは気にしなくていいから」

「そうじゃない。——そうじゃないんだ」

と、勇一はくり返した。

「勇一君……」

「もう手遅れなんだ」

「そんなこと——まだ若いんだもの、やり直せるわよ」

「いいや。どう頑張っても、死んだ人間は生き返らない」

少し間があって、

「今……『死んだ人間』って言ったの？」

と、佐知子は言った。

「うん。僕は人を殺して逃げて来たんだ」


「いい雰囲気じゃない」

と、珠美が言った。

「この空間？　うん、すてきね」

と、綾子が言うと、

「そうじゃないよ」

「じゃ、何なの？」

「ほら、あそこ」

珠美が指さしたのは、休憩用の椅子が並んだ所で、話し合っている佐知子と勇一だった。

「そうね。――あの二人も〈作品〉だったら斬新だわ」

「何考えてんの？」

と、珠美が呆れて言った。

「でも、お似合の二人ね」

綾子は肯いて、「夕里子、気のきいたことやったわね」

「うん。でも……」

夕里子の表情は冴えない。

「どうしたの、夕里子姉ちゃん。自分と国友さんのこと考えて悲しいの？」

「あんた、それどういう意味よ」

「こんな神聖な場所で喧嘩しないで」

と、綾子が顔をしかめた。

「お姉ちゃんも国友さん、連れて来りゃ良かったのに」

「国友さんは仕事でしょ」

と、夕里子は言った。「ただ――あの徳田勇一って人、どうして故郷の町で死のうとしたのか、気になって」

「失恋でもしたんでしょ」

と、珠美はアッサリと言った。「あっちにもカップルがいる」

見れば、吉川がホテルの客、中河千津と二人、ゆっくりと作品を見て回っている。

「――女性の方が少し年上ね」

と、綾子は言った。

「そうね。頭の切れそうな女性」

夕里子はふと妙なことに気付いた。

中河千津は、もちろん作品も見ているが、それよりも部屋の四隅の高い辺り――監視カメラや防犯用のセンサーなどの方を何度も見ていたのだ。

まあ、もちろん、そういうことに興味のある人もいるだろうが……。

「――さ、他の部屋も見て回りましょ」

と、綾子が言った。

「そうよ！　お昼、食べるもの、出るんでしょ？」

と、珠美が言った。「早く行こう！　なくなっちゃう！」

「やめなさい、はしたない」

と、綾子が顔をしかめる。

ともかく、三人は次の展示室へと向ったのである。


「勇一君」

と、佐知子は言った。「今の話、誰か他の人にした？」

「いや。話せやしないよ。もちろん、君は別だもの」

と、勇一は言った。「君になら、警察へ突き出されてもいい」

佐知子は黙って首を振ると、勇一の手をしっかり握りしめた。

そして、ふっと我に返ったように、

「行かなきゃ」

と、立ち上って、「みんな先に行ってるわ」

「佐知子ちゃん……」

「さ、行きましょ」

「うん……」

勇一は少し戸惑った表情で、佐知子と手をつないだまま、館内を辿って行った。

「――落ちつくわね、仏像って」

と、佐知子は言った。

「うん……」

「勇一君。——私に任せて」

「え？」

「よく考えましょ。どうするのがいいか。でも、今すぐに逮捕されるわけじゃないわ。ホテルで、ゆっくり休んで」

「でも——」

「私のことは心配しないで」

「僕のしたことは知らなかったことにね。僕のことを承知で匿《かく》まったら、君まで罪になる」

「私に任せてと言ったでしょ」

佐知子は勇一の手を固く握りしめた。「今は、仏像のことだけ考えて」

「でも……」

「昔に思いをはせて。何百年も前の人々のことに」

「無理だよ」

と、勇一は首を振った。「僕は人殺しなんだ」

「しっ！」

と、佐知子は言った。「人に聞かれたらどうするの」

「ごめん……」

もう、みんな先に行ってしまって、周囲には誰もいなかった。

「勇一君……。その人のこと、好きだったのね」

「その女？　——よく分らない。ともかく……初めてだったんだ、あんなに……夢中になった女って……」

「きれいな人だったの？」

「どうかな……。初めは酔ってた。知り合って、すぐそのまま彼女のアパートに行って、泊ったんだ。次の日、仕事休みだったし、お昼過ぎまで眠って、目が覚めたら、まだ彼女も布団の中にいて……」

と、呟くように言って、「どうしてあんなことになったんだろう……」

「彼女、何ていう名だったの？」

「さより。——向井《むかい》さよりっていった。一つ年上の二十九で……。でも、ずっと大人だった」

「そうね。——魅力的な人だったのね」

「よく分らないよ。気が付いたら、離れられなくなってたんだ」

「そんなことも……あるわよ」

佐知子は、勇一の肩に頭をもたせかけた。

「僕……やっぱりホテルを出るよ。遠くへ行く。佐知子ちゃんを巻き添えにしたくないんだ」

「だめ！　だめよ」

佐知子は烈《はげ》しい口調でそう言うと、勇一を抱きしめてキスしたのだった……。


「あら、先生」

と、肩を叩かれて、木之内医師は振り返った。

「君は……」

「いやだわ、忘れちゃった？」

和服姿の、いかにも水商売とひと目で分る女性だ。

「ああ、〈バーK〉のママか」

「ええ、良かった、思い出してくれて」

「どうしてここに？」

「あら、私が来ちゃいけない？」

「そうじゃないが――」

「ここの館長さん、うちのお客なの」

と、〈バーK〉のママ、久我弥生は言った。「もっとも、最近はこの近くのお店がごひいきみたいだけど」

レセプションの会場では、久我弥生は目立った。

「仕方ないさ。ここからは遠い」

「電車でたった三十分よ。――でも、まあいいわ。経費で落としてくれるんでしょ」

〈バーK〉という名を耳にして、夕里子は、

「どこかで聞いた」

と言った。

「夕里子もバーに通う年齢になったの?」

と、綾子が言った。

「まさか! ただ〈バーK〉って……」

と、夕里子は考え込んでいたが、「――思い出した! 市川さんが昨日言ってた。殺された本間さんの悪口を言い続けてた女性がいた、っていうのが〈バーK〉だ」

「へえ」

――木之内医師と〈バーK〉のママは何か話し込んでいたが、少し夕里子たちと離れていたので、内容は聞こえて来なかった。

木之内が、

「あんまり迷惑かけるなよ」

と言うのが聞こえて、〈バーK〉のママは他の客にも声をかけている。

「やれやれ、こんな所で」

と、木之内がグラスを手にやって来る。

「どうしたんですか？」

夕里子が訊いた。「〈バーK〉の人なんですね。聞こえました」

「ああ。確か――久我弥生といったか。小さなバーだし、そう行くわけじゃないが」

と、木之内は言って、「そうだ。この前行ったときに、金を貸してくれってしつこく言われて参ったよ」

「お金ですか」

「店が古いんで、改装したいと言ってね。――今日は言ってなかったな。他に金を貸すもの好きが見付かったのか」

「あら、あの二人……」

と、綾子が言った。「すっかり恋人同士みたいね」

佐知子と勇一が手をつないでレセプション会場へ入って来る。

「お似合だな」

と、木之内が言った。「二人とも苦労したからな」

「二人でホテルをやってきゃいいんだよね」

と、珠美が言った。

「でも……」

と、綾子がフッと表情を曇《くも》らせて、「あの二人、何だか……」

「どうしたの？」

と、夕里子が言った。

「うん……。何だか、心中でもしそうに見えた」

と、綾子は言った。

「心中って……。やめてよ」

と、夕里子は言ったが、姉のそういう直感が馬鹿にできないことも分っている。

「——やれやれ」

館長がグラスを手にやって来て、木之内へ話しかけた。「会ったかい、〈K〉のママに？」

「ああ。あんたが招《よ》んだんだろ？」

「招んだんじゃない。勝手にやって来たのさ」

「この美術館の館長だ。水科《みずしな》さん」

と、木之内は佐々本姉妹を紹介した。

「いや、いいね、若い人たちは」

水科は木之内と大体同年代、六十くらいかと思えた。

「また借金の申し込みか？」

と、木之内が訊くと、

「あのママかい？　いや、それがどうやら金の入るあてがついたらしいよ」

「ほう」

「いいスポンサーがついてね、と言ってた」

「誰だろう？」

「さあな。――あんなバーに何百万も出す奴がいるとも思えないが」

と、水科は肩をすくめた。

「何百万もかかるんですか」

と、夕里子が訊いた。

「そりゃあ改装の程度によるさ」

と、木之内が言った。「金に見合った改装ってことになるだろうな」

「しかし、あそこはかなり古いからな」

と、水科が言った。「直すなら、水回りの配管から直さないと。そう本人が言ってたぜ」

「じゃ、やっぱり百万、二百万じゃすまないだろうな」

「そうさ。その間、店も閉めなきゃいけないし、その分の収入をどうするのか……」

「夕里子、何を気にしてるの？」

と、綾子が言った。

「あの人の店で、殺された方の悪口を言ってる人がいたって……」

「それが？」

「急にお金のあてができたってことと、つながりがあるかもしれないって気がして」

「つまり……」

「その『悪口を言ってた人』から、お金をゆすり取ろうとしてるとか……」

「何の話だね？」

と、水科が面食らっている。

「いや、このお嬢《じょう》さんたちは、これまで色々事件に係って来たそうだよ」

と、木之内が言った。「今の話、確かにありそうだ」

「あのママが？　そこまでやるかな」

「別に、その人が犯人でなくても」

と、夕里子は言った。「疑われるだけでも、普通の人はいやがるものです。覚えはなくても、お金の余裕があれば……」

「そんな金持がいるか？」

「さあな」

夕里子は人々の中に、久我弥生の姿を捜したが、見当らない。

「もう帰ったんでしょうか」

「そうだな。――店に誰かを誘って、話がついたのかもしれん」

と、木之内は言った。「夕里子君と言ったね」

「はい」

「君の親しい刑事さんに話しておいた方がいいかもしれないね」

「私もそのつもりです」

と、夕里子は肯いた。

そのころ、当の久我弥生はパーティ会場を出て、美術館の玄関ロビーにいた。

ケータイが鳴ったので、出て来たのである。〈公衆電話〉からだった。

「もしもし？　どなた？」

と訊くと、

「使いの者です」

と、男の声が言った。

「使いって？」

「犬丸さんの代理です」

「ああ……。ご用件は？」

「犬丸さんは色々手を尽くされましたが、今日のところは五十万しか用意できなかった、と……」

「そう。――残りも払っていただけるの？」

「二、三日お待ちいただければ、必ず」

「分りました。じゃ、とりあえずその五十万だけでも……」

「今、近くにおりますので」

「近く？」

「今、美術展のオープニングに出ておいでですね」

「まあ、どうして知ってるの？」

弥生は少し気味が悪くなった。

「美術館の裏手が公園になっています。そのモニュメントの所でお待ちしています」

「あの……。もしもし？」

切れていた。――弥生はちょっといやな気がしたが、「五十万円」の魅力には勝てなかった。

足早に正面から外へ出ると、ぐるっと裏手へ回って行く。

入口には、一般公開の開場を待つ人の列ができていた。

「物好きね」

と、弥生は呟いた。「仏像なんか見たって、一円にもなりゃしない……」

少し曇って肌寒い日だった。

公園は元々の林を残しながら広場にしたもので、中央には、何だかわけの分らない彫刻が立っている。前の市長は、このせいで、散々「むだづかいだ」と非難されたものだ。

林の中を遊歩道がクネクネと曲って続き、中央広場へ出る。弥生はその道を辿っていたが……。

突然、すぐ後ろで砂利《じゃり》を踏む足音がした。びっくりして振り向いた弥生の目の前に、ナイフの刃先が光っていた。

11　夢の跡

「なるほど」

国友は夕里子の話を聞いて肯いた。「よし、もう一度〈バーK〉に行ってみよう」

「その辺のこと、ちゃんと見抜かなきゃ」

と、珠美が言った。「刑事なんだから」

「そういう言い方したら、国友さんが傷つくでしょ」

と、綾子が言った。

「その言い方も傷つくと思うけど」

と、夕里子は言った。

「いや、今思えば、市川さんと一緒に話を聞いたとき、あのママがグラスを落として割ったんだ。あのとき、きっと誰なのか分ったんだな。怪しいと思うべきだったよ」

佐々本の三姉妹は〈ホテル犬丸〉に戻って来ていた。

国友がちょうどラウンジでコーヒーを飲んでいたのである。

国友は市川刑事へ連絡してみたが、

「――何か事件があったらしい。一人で行ってみるよ」

「危くない？」

と、夕里子が言った。「一緒に行くわ」

「おい、逆だろ、守る方と守られる方が」

「みんなで行きましょ。お土産《みやげ》も買いたいし」

綾子がのんびりと言った。

バーが開く時間ではないが、久我弥生が美術館から戻っているとしたら、もう店にいるかもしれない。

ともかく夕里子たちと国友は〈バーK〉へ行ってみた。

「まだいないな。――久我弥生のアパートはこの裏だって聞いた」

と、国友は言った。「行ってみよう」

四人は歩きかけたが――。

「待って」

と、夕里子が振り返って、「今、何か音がしたわ」

「どこで？」

「あの店の中——のように聞こえたんだけど……」

と、夕里子は〈バーK〉の前まで戻って、じっと耳を澄ました。

「——何も聞こえないよ」

と、珠美が言った。

「しっ。ガラスのかけらを踏んだ音みたいだった」

「じゃ、あのときのグラスの破片が？」

「もしかすると床に細かいのが残っていたのかも」

「中に入ってみるか。——しかし、勝手に押し入るわけにはな……」

「でも、この場合は——」

メリッという音が店の中から聞こえた。

「聞こえた。——退《さ》がって。誰かいるのか！」

と、国友は声をかけた。

「中へ入った方が」

「うん。君たちは用心して、離れててくれ」

と、国友が警戒しながらバーのドアの前に立って中の様子をうかがう。

そのとき国友のケータイが鳴り出した。

国友はちょっと舌打ちして、

「市川さんだ。――もしもし」

と、国友は言った。「今、〈バーK〉の前にいるんですが。――え？」

国友が目を見開いた。

「確かですか？――分りました」

国友は通話を切ると、「久我弥生が殺された」

と言った。

そのとき、店の中で何か割れる音がした。

「踏み込むぞ！」

国友が力一杯ドアを蹴《け》ると、鍵が折れた。

同時に銃声がして、ドアに穴が開いた。

「危い！」

夕里子が国友の腕をつかんだ。

国友が尻もちをつくと、ドアに二つ三つ、銃声と共に穴が開いた。

「今の音——」

「窓ガラスだわ、きっと」

と、夕里子が言った。「裏へ回りましょう！」

「君らはここにいろ。危い！」

国友が駆け出す。夕里子もすぐ後を追った。

「——どうする？」

と、珠美が綾子を見た。

「こっちにも誰かいないと」

「そうだね」

二人は納得して、ドアの近くに立っていた……。


「どうもご迷惑を」

と、市川刑事が言った。

「いや、そんな……」

「危うく撃《う》たれるところだったんですな」

市川は、穴のあいた〈バーK〉のドアを見て言った。

「しかし、取り逃しました」

と、国友は首を振って、「この辺の道が分らなかったので……」

「いや、後は私どもの仕事です」

と、市川は言った。「必ず犯人を見付けます！」

〈バーK〉の前には、人だかりができていた。

「でも――」

と、夕里子が言った。「犯人は、あの公園で久我弥生を殺した。でも、なぜここへ来たんでしょう？」

「そうだな」

と、国友は肯いて、「危い思いまでして、ここへ来なきゃならなかった理由があるはずだな」

「弾丸を調べます」

と、市川が言った。

「ともかく、〈バーK〉で本間道子のことを悪く言っていた女が誰だったのか……」

と、夕里子は言った。

「金のせいで命を落とすとはね」

と、国友は言った。「やはり、その女をゆすってたんだろう」

「犯人は男でしょう。あの逃げ方からみても」

「共犯者がいる、ってことか」

この町では大ニュースである。TVニュースや新聞も取り上げている。

「そうか……。犯人は男か」

と、国友は肯いた。

「ね？　本間さんの死体を、わざわざ木に吊るしたのも男の力……。今度の犯人も、きっと同じ男よ」

と、夕里子は言った。

「まさか……」

「え？」

「いや、僕が追って来た殺し屋の〈白浜〉って奴かと思ってね」

「でも、その人、仕事で殺すんでしょ？　今度なんかは、木に死体を吊るしたり、むだなことをしてるわ」

「確かに、プロらしくない。でも、殺人犯ってのは、時に妙なことをするものなんだよ」

と、国友は言った……。


TVニュースが、あの小さな町での殺人を取り上げていた。一、二回放送されたら忘れられてしまうニュースだ。

「あのパーティ会場にいたのね」

と、佐知子は言った。

ロビーは、一日の中で一番静かな時間だった。もう少しすると、夕方からドッと客が来て、夕食の仕度に戦場となる。

佐知子は、ソファに勇一と並んで座ると、そっと体をもたせかけた。

「重い?」

「いや……。頼られるって、いい気持だな」

と、勇一は言った。

そして、

「な、佐知子ちゃん、僕、パーティにずっと出てたよな」

と言った。

「一緒にいたわね。それが？」

「僕、途中で姿くらまさなかった？」

「トイレくらい行ったかしら。でも、すぐ戻って来たわよ。どうして？」

「あの女殺したの、僕じゃないか、って気がして……」

佐知子は目を見開いて、

「何言ってるの！」

「いや、ごめん。――もちろん、分ってるんだ。見も知らない女の人を殺すわけないものな。でも、一度人を殺してしまうと、またやるんじゃないかって気がするんだよ」

「勇一君！　しっかりして！　私がついてるわ。ね、馬鹿なこと考えちゃだめよ」

と、佐知子は叱りつけるように言った。

「うん……。ありがとう」

と、勇一は微笑んだ。「僕は……そのときが来たら、君の手で警察へ連れてってほしいな」

「やめて」

と、佐知子は勇一の手を握った。

「いや、やっぱりここの入江で、海に入って消えるのがいいんだ。——そのときは止めないでくれ」

「だめよ、そんな……」

「君に迷惑はかけたくない。それは一番避けたいことだ」

「勇一君……」

佐知子は勇一の手を強く握りしめて、「そのときは、私が一緒に行くわ」

勇一はびっくりして、

「だめだよ！　何言ってるんだ。君は何もしてないのに」

「私を死なせたくない？」

「当り前だよ」

「じゃ、あなたも死なないで」

「君は……」

「希望を持って。生きていれば、きっといいことがあるわ」

「そうだな……」

永田がやって来て、

「佐知子さん。お電話が。昨日のお客様がお礼を言いたいとおっしゃって」

「はい、行きます」

佐知子は立ち上って、「今の内にお風呂に入って来たら？　空いてるわ」

と、勇一に声をかけた。

「え？」

「せっかく温泉に来たのよ。入らなきゃもったいない」

佐知子の明るい口調に、

「うん、入るよ」

と、勇一はつい答えていた。

佐知子が永田と一緒に行ってしまうと、勇一は、

「希望を持って、か……」

と呟いた。

生きていれば、きっといいことがある……。

自分のしたことは、もう取り返しがつかないと承知の上で、勇一はそれでも佐知子の言葉に胸が熱くなり、明るい光を一筋認めたような気になった。

「よし、大浴場に行って来よう」

佐知子のためでもある。勇一はそう呟いて、立ち上ると、思い切り伸びをした

……。

ケータイが鳴っていた。

目を覚ました有田は、渋々手を伸してケータイをつかんだ。

「もしもし……」

「有田さん、何よ、寝てたの?」

〈ホテルM〉の仲居頭の江藤良子《えとうりようこ》である。

「あ……。いや、今仕度してたとこさ」

「嘘おっしゃい。舌がもつれてるわよ」

江藤良子は笑いながら言った。

「うん……。ゆうべ飲んじまってね」

「もう五時よ。バーを開けないと」

「五時? 本当かい?」

「嘘ついてどうするのよ。——いい、急いで来てね」

「分った。目覚ましかけといたんだけどな……」

有田はやっと起き上った。

「言い訳はいいわ。女将さんが生きてたら、怒鳴られるところよ」

江藤良子は、〈ホテルM〉の女将本間道子が殺されてしまって、今、女将の代りの立場にいる。

「分ったよ、すぐ仕度する」

と、また大欠伸した。

「そうそう。〈バーK〉、知ってるでしょ」

「え？　ああ、もちろん」

「久我弥生って、あそこのママ」

「何だい？　何か文句でもつけて来た？」

〈ホテルM〉のバーのバーテンである有田は、もちろん久我弥生のことも知っている。

「殺されたの」

その言葉を理解するのに、少しかかった。

「――何て言った？」

「殺されたの、久我弥生さん」

「どうして？」

「知らないわ。犯人捕まってないし。ただ、うちの女将さんを殺したのと同じ犯人かもしれないって」

「どうしてそんな……」

「市川って刑事さんが、そんなこと言ってたの」

「刑事が？　本当かい？」

「〈バーK〉でね、どこかの女が女将さんの悪口を言ってたんですって」

有田の中の眠気がアッという間に吹っ飛んでしまった。

「女将の悪口を……」

「そうなの。それで、どうもあのママ、その女からお金をせしめようとしたらしいの」

有田が青ざめる。

「金を……」

「そうらしいわ。ほら、あの人、お店を改装したい、って言ってたじゃないの。でも、少々のお金で殺されちゃね」

「そう……だな」

「でも、いやね、こんな小さな町に人殺しがいるなんて。――そんなこと話してる場合じゃないわね。早く仕度して来て！　お客は待っちゃくれないわよ」

「うん、分った……」

通話を切ったものの、有田はすぐ出かける仕度をする気になれなかった。

〈バーK〉で本間道子の悪口を言っていた女。——それはおそらく犬丸和代だろう。

久我弥生が、犬丸和代をゆすろうとして殺された？

「何てことだ……」

有田自身も、犬丸和代に金を出せとせびっている！

「俺も——殺されるのか？」

有田は震え上った。

とんでもない！　殺されるなんてごめんだぜ！

有田は突然、コマ落しの映画のような勢いで洗面所へ飛んで行くと顔を洗った。

ともかく——命あってのものだねだ。

有田は出勤する代りに、ボストンバッグに必要な物を詰めた。逃げ出そうというのだ。

「畜生！」

有田は舌打ちした。

今、手もとにほとんど現金がないのだ。

キャッシュカードを使おうとしても、銀行にはほとんど残高がない。どこへ逃げるにしても、ある程度は現金が必要だった。

「しょうがねえ……」

一旦出勤するしかない。〈ホテルM〉へ行けば、経理の人間に頼んで少しは現金が都合できるだろう。

いざとなりゃ、現金を黙っていただいてもいい。

仕方ない。気は進まなかったが、有田はホテルへ出勤することにした。

「今日一日、用心するんだ……」

と、着替えながら有田は呟いた。

12　恐怖

「お出かけだったんですか」

〈ホテルM〉の玄関を犬丸和代が入って行くと、仲居頭の江藤良子が声をかけた。

和代はギクッとしたが、

「ちょっと――駅の近くまでね」

と、何とか平静を装って言った。

「お食事、部屋で召し上りますか？　食堂にします？」

「そうね……。息子に訊いてから」

と、和代は言った。

およそ食欲などない。

「息子さんでしたら、さっきお出かけになりましたよ」

「出かけた？　どこへ？」

「さあ……。『晩飯はいらないから』とおっしゃって。『お袋に、遅くなっても心配するな、と言っといてくれ』とのことでしたけど」

「そう……。何かしら」

「あの――犬丸さん」

江藤良子も、ここでは古いので、和代のことは知っているのだ。

「え？」

「息子さん、お一人じゃなかったんです」

「誰と一緒に？」

「あの……うちの仲居で、若くてちょっと可愛い子がいるんですけど」

「ああ、時々食事を運んでくれてる人ね」

「ええ。あの子が夕方急に『歯が痛くて』と言い出して、帰らせたんですが……」

和代にも分った。

「あの子が誘って行ったのね」

「ええ、二人でタクシーに乗ってるのを、他の仲居が見かけたって」

「しょうのない子ね、全く！」

と、和代はため息をついて、「迷惑かけてごめんなさいね」

「いえ、恋愛は自由ですけどね」

と、良子は言った。「ただ、あの郁子《いくこ》って子——田丸《たまる》郁子っていうんですけど、結構遊んでるんですよ。息子さんの方が引っかけられたんでなきゃいいんですけど」

「面倒みきれないわ」

と、和代は首を振って、「夕飯、食堂でいただくわ」

「かしこまりました。七時でいいでしょうか？」

「ええ、結構」

和代は、ロビーのソファに身を沈めた。

あの子ったら、肝心のときにいなくなって！

和代は、〈バーK〉の様子を見に行ったのである。久我弥生が殺されたことは、むろん聞いていた。

い、あの男だ。——これで二人、和代にとって「邪魔者」が姿を消したことになる。

一体誰が……。

和代が新聞を広げていると、

「失礼します」

と、玄関で声がした。「今、こちらの女将さんのお仕事はどなたが――」

和代はハッとして、腰を浮かした。その動きが、却って目についた。

「あ……」

と言ったのは、矢澄佐知子だったのである。

和代は、今さら隠れるわけにもいかず、また腰をおろして、

「――どうも」

と言った。

他に言いようがない。

江藤良子が出て来て、

「まあ、〈ホテル犬丸〉の――」

「矢澄佐知子です」

「そうでしたね。どうぞ上って下さい」

佐知子が玄関を上ると、ゾロゾロと佐々本家三姉妹がやって来た。

「うちのお客様なんですが、ちょっとお茶を飲ませていただいても？」

と、佐知子が訊いた。

「どうぞどうぞ。――バーが一番落ちつかれると思いますが、あいにくまだバーテンが来ておりませんで……」

和代はそれを聞いてゾッとした。

あの有田というバーテンも殺されているのだろうか？　――私が頼んだわけじゃないのに！

「こちらにお泊りだったんですか」

と、佐知子が当り前の口調で和代に言った。

「宗和さんも？」

「ええ……。少しのんびりしようと思ってね」

「そうですか。――江藤さんと、イベントの件で打合せがあって」

「そう。ご苦労さま」

と、和代は素気なく言った。

「もうバーテンも来ると思いますので、このロビーで少しお待ち下さい」

と、良子に言われて、三姉妹はロビーのソファにバラバラに座った。

「あの――」

佐知子が、何も言わないのも変だと思ったのか、「犬丸和代さんです。〈ホテル犬丸〉で、私がずっとお世話になっていた……」

「ああ、あの……」

と、夕里子が肯く。

「ホテルと同じ名でいらっしゃるんですね」

と、全く分ってない綾子が言った。

「〈ホテル犬丸〉を追い出された人だ!」

と、珠美がはっきり言って、夕里子ににらまれている。

「じゃ、矢澄さん、どうぞ」

良子が佐知子と一緒に奥へ入って行く。

和代は、すぐに立つのも何だかしゃくで、平静を装って新聞を広げていたが、記事の中身はさっぱり頭に入って来なかった。

珠美がロビーのＴＶを点けた。

「珠美、あんまりヴォリューム上げないでよ」

と、夕里子が注意した。

「大丈夫だよ」

「あんたが大丈夫って言っても意味ないでしょ」

と、夕里子は言った。

すると、せかせかと玄関を入って来たのは——有田だった。

和代はギョッとした。生きてたのか！

有田は玄関を上ると、ロビーにいる和代を見てハッとした。青ざめている。

和代は、気付かないふりをしようとしたが、無理だった。

有田は急いで行きかけたが、足を止めて戻って来ると、

「犬丸さん……」

と、真剣な口調で言った。「あれはなかったことにして下さいよ」

和代は顔を上げて、

「え？」

「冗談だったんですよ。そんなこと、分るでしょ」

有田が無理に笑顔を見せて、「あんなこと、本気じゃ言いませんよ。こっちも少し飲んでたんでね」

「分りました」

と、和代は目をそらして、「もう行って下さい」

「ね、本当にあの話はなかったことにして下さい。いいですね」

「分ったって言ってるでしょ」

和代は苛々と言った。

「それならいいんですがね……」

と、有田は肩をすくめたが、落ちつかない様子のまま、「じゃ、くれぐれもよろしく」

「ええ」

「お互い――口は災いのもとですからね」

と言って、有田は足早に行ってしまった。

和代は新聞を閉じると、ロビーの隅のテーブルに置いて、夕里子たちを全く無視して行ってしまった。

「――口は災いのもと?」

と、夕里子が言った。「どういう意味だろう?」

夕里子の言葉を聞いて、綾子は、

「夕里子、〈口は災いのもと〉も知らないの? 何気なく話したことでも、人の知られたくないことに――」

「言葉の意味は知ってるわよ!」

と、夕里子は言い返した。「あのね、今、あの犬丸和代って人に話しかけた人のことを言ってるの」

「ああ、それならいいけど」

綾子が肯く。

そのやりとりを見ていた珠美がふき出すのをこらえていた。

さっきの仲居頭、江藤良子がやって来て、

「お待たせしました。バーテンが参りましたので、バーの方へどうぞ」

「わざわざすみません」

と、夕里子は言って、「じゃ、ついさっき入って来られた方？」

「はい。有田と申しまして、亡くなった女将さんが可愛がっていました」

「そうですか……」

「では、ごゆっくり。何でしたらお風呂でもいかがですか？」

江藤良子は愛想よく言って、行ってしまった。

「有田か……」

と、夕里子が呟く。「何かわけありね」

「有田だから？」

と、綾子が言った……。

三人がバーに入って行くと、さっきの男が蝶ネクタイ姿で、カウンターの中に立っていた。

「お酒じゃないんですけど」

と、夕里子が言うと、

「江藤さんから聞いてます。ソフトドリンクでも」

「オレンジジュース」

と、珠美が言って、カウンター席に腰をかけた。

「私は紅茶を」

「私も」

と、夕里子は言って、「――さっきロビーで」

「え？」

有田はちょっとポカンとしていたが、「ああ、あそこにおられたんですね」

と笑って、

「すみません。ぼんやりしていて」

「犬丸さんのこと、ご存知なんですか」

と、夕里子は訊いた。

「ええ、もちろん。亡くなった女将さんと親しかったんで」

有田は手早くオレンジジュースをグラスへ注いで、珠美に出した。

「これ、いくら？」

「珠美――」

「江藤さんから、ごちそうするようにと言われてます」

「それは……」

「すぐ紅茶をいれます」

有田は三人へ背を向けた。――話したくないらしい、と夕里子は思った。

「有田さんとおっしゃるんですね」

「はあ」

「亡くなった本間さんに可愛がられていたと伺いました」

「ええ、まあ……」

と、肩をすくめて、「お客さんはどうぞそんなこと、気になさらないで下さい」

二人に紅茶を出すと、有田は、

「ちょっと失礼します」

と、バーを出て行った。

「何よ、愛想ないわね」

と、珠美がむくれる。

「怯《おび》えてる」

と、夕里子は言った。

「え？」

「落ちつきがなかったでしょ。怯えてるのよ、何かに」

「それって……」

ともかく、紅茶を飲んで、有田の戻るのを待っていると、

「——あ、ごめんなさい」

と、佐知子が入って来た。

「何だか、ごちそうになってしまって……」

と、綾子が言った。「いいのかしら」

「ええ。江藤さんがよろしくって」

と、佐知子は言った。

「バーテンの人、知ってます？」

と、夕里子が訊く。

「有田さんですね」

「何だか様子がおかしいんです。今度の事件のこと、何か知ってると思いますよ」

「有田さんが？　――今、何だかロビーで……」

「ロビーで？」

「誰かともめてました。あの人、確かこのホテルの経理の人だと思いますけど」

「何と言ってたんですか？」

「何だか……『どうしても金がいるんだ』とかって、有田さん。――前借りしようとしてたのかも」

夕里子はちょっと考えて、

「行ってみます、私」

と、椅子から下りた。

「でも――」

「気になるんです」

と、夕里子は言った。「あの人、何かに怯えています。ここの女将と久我弥生、二人が殺されたことで、たぶん怯えてるんです」

「それって——有田さんが犯人を知ってるってことでしょうか」

「それを確かめたいので」

夕里子は急いでバーを出た。

「待って下さい！　私も一緒に」

と、佐知子が後を追ったので、綾子と珠美も、やや渋々ではあったが、二人についてバーを出た。

ロビーへ行くと、

「何てことでしょ！」

と、江藤良子が怒っている。

「どうかしました？」

と、佐知子が訊くと、

「あ、佐知子さん、バーテンの有田が——」

「どうしたんですか？」

「経理に、前借りを頼んで来たんです。今は現金が少ないからって断ると、有田が経理の者を殴って、ありったけの現金をつかんで逃げちゃったんです！」

「まあ……」

「どこへ行ったんでしょう」

と、夕里子が訊く。

「さあ……。自宅へ帰ってるんじゃないですかね。何も持ってませんでしたから」

「自宅をご存知ですか」

「ええ、もちろん」

「案内して下さい。国友さんへ連絡します」

——間違いない。有田は誰が女将と久我弥生を殺したか、知っているのだ。

そして、「自分も殺されるかもしれない」と思って逃げ出した……。

「国友さん？　今〈ホテルM〉なんだけど」

夕里子は手短かに事情を説明して、「すぐ有田の家に行って」

「分った」

「今、電話、代るから」

夕里子がケータイを江藤良子へ渡した。

「駅前に、〈S〉ってスーパーがあります。その脇を入って——」

と、良子が説明しながら、玄関を出る。

夕里子たちは全員、良子に続いて〈ホテルM〉を出て行った……。

13　逃走

有田はアパートへ入ったとき、汗だくになっていた。

むろん、急いで走って来たせいだが、それだけではなかった。危険が身に迫っているという恐怖。それが汗を倍加させた。

しかし——もう大丈夫だ。

わしづかみにした現金は四、五十万あった。

これだけあれば、どこか他の町まで行けるだろう。その先のことは、そのとき考えればいい。

有田は必要最小限の物をボストンバッグに詰めてあった。

これを持って逃げるだけだ。

だ。
あの息子か？　――いや、あいつだって、母親どころではない、呑気な世間知らず
しかし、一体誰がやったのだろう？　犬丸和代にそんな真似ができるわけはない。
あの犬丸和代から金をせしめよう、などと考えるんじゃなかった。
と、自分に向ってグチった。
「全く……。口は災いのもとだ」

「よし、行くぞ」

部屋の中をザッと見回して、有田は外へ出た。

〈ホテルM〉の金を強引に「いただいて」来たのだ。有田から言わせれば、

「退職金と思えば安いもんだろう」

ということになるが、ホテル側がその理屈で納得するはずがない。

おそらくこのアパートへ人を向かわせているか、それとも警察へ連絡している。

アパートを出た有田は、ちょっと迷ってから、道を変えた。駅へ出るには遠回りだ
が、もし誰かがアパートへ向っていたら、元の道では出くわしてしまう。

有田の判断は当っていた。道を変えて、二、三分の後に、国友が有田のアパートへ
とやって来たのである。

——有田は駅に着くと、ともかく券売機でチケットを買って、停っている列車へと走った。

ちょうど発車のベルが鳴って、有田が飛び込むようにして乗ると、すぐ扉が閉った。

やったぞ！　——ざまみろ。

これで、できるだけ遠くへ逃げる。まず心配はない。

息をついて、有田は空いた席を見付けて座った。——どこ行きの列車なのかも知らずに乗ってしまった。

車内は半分も埋っていなかった。有田は隣の席にボストンバッグを置いて、窓の外へ目をやった。

もう外は暗くなっている。

「逃げるにはいいや」

と、有田は呟いた。

安心したせいか、有田はいつの間にか眠ってしまっていた。

「——おっと」

目を覚まして、はて、今はどの辺だろう、と窓の外を見たが、もちろん見えるのは闇ばかり。

客車の中もずいぶん人が減って、有田以外には二、三人しかいない。

次の駅に着かないと分らない。——大欠伸して、有田は立ち上ると、トイレに行った。

手を洗って、ついでに冷たい水で顔を洗うと、

「腹が減ったな……」

と呟いた。

何も食べていないのだから当り前だ。

すると、車内放送が、

「次はＪ駅……」

と告げた。

「そこまで来たのか」

Ｊ駅は、かなり大きな駅だ。——弁当くらい売っているだろう。

降りてしまおうかとも思ったが、Ｊ駅からどこかへ行くのは難しい。その次の駅が乗り換え駅なので、そこで降りよう。

ともかく今夜の内に、できるだけ遠くへ行っておくことだ……。

席へ戻って、バッグから金を出すと、J駅に着くのを待つ。
五分停車、とアナウンスがあった。
ホームへ降りて、有田は売店へと急いだ。
ともかく何でもいい。残っていた弁当とお茶を買って、列車に戻ろうと――。
男が一人、ぶつかるようにしてすれ違って行った。――謝りもしねえで、失敬な奴だ。
有田の手から弁当が落ちる。
「え？　どうしたんだ……」
有田は膝《ひざ》をついた。
せっかく買った弁当を……。
しかし、お茶も足下に転がった。
力が……力が抜けて行く。
そして、有田は気付いた。下腹から血が溢れるように流れ出ている。
畜生！　今すれ違った奴か？
俺は――結局逃げそこなっちまったのか……。
有田はホームにゆっくりと倒れ込んだ。

暗いホームで、誰も有田に気付かなかった。

列車が出て行く。ガタンゴトンという響きが、突っ伏した有田に伝わって来る。

「口は……災いの……」

どうしてだか、最期《さいご》にそう呟いて、有田は息絶えた。

列車が闇の中へ消えて行くのも、もう分らなかった……。


翌朝、夕里子は少し寝坊した。

前の晩、遅くに温泉に入ったせいかもしれない。あの〈ホテルM〉のバーテンダー、有田のアパートへ行ってみたが、すでに有田は姿を消していた。

〈ホテル犬丸〉に戻って、食事をして、ずいぶん遅くなったが、三人揃って、

「やっぱり一風呂浴びよ!」

ということになったのである。

で——すっかり寝過してしまった、というわけだった。

「私が最後なんて……」

と、呟きながら夕里子は食堂へ下りて行った。

「遅いわよ、夕里子」

と、綾子が言った。

「もう朝食終りだよ」

と、珠美も言ったが——。

「何よ、二人とも、食べ始めたばっかりじゃないの」

夕里子は二人の皿を見て言った。

「でも、あんたより十分も早いわ」

「ちっとも変らない」

夕里子は椅子を引いて座ると、ハムエッグとトーストという洋風朝食を頼んだ。

「国友さん、見た？」

と、夕里子が訊くと、ちょうど当の国友がやって来た。

「おはよう！」

と、珠美が手を振る。

「国友さん。有田って人の行方、分った？」

と、夕里子が訊くと、

「いや、実は……」

と、国友が口ごもる。

「どうしたの？」

「殺されたのね」

と、綾子が言い当てる。

「まさか！」

「いや、本当だ」

と、国友が言った。「列車で逃げようとして、途中のＪ駅で弁当を買ってる。しかし、そのホームで……」

「行くの？」

「ああ、君らはもう事件のことを忘れて、のんびりしててくれ」

「無理よ」

と、夕里子は言った。「凶器は？」

「ナイフだよ」

「でも、きっと同じ犯人ね」

と、夕里子は肯いて、「――国友さん」

「何だい？」

「ここの前の女将だった、犬丸和代さんって人が、〈ホテルＭ〉に泊ってるの」

「あそこに？」

「有田が、犬丸さんに話しかけてたわ。〈口は災いのもと〉だって言って」

「どういう意味だろう？」

「もちろん、犬丸和代さんが犯人だとは思わないけど、きっと何か知ってる。〈ホテルM〉に行ってみましょう」

「分った。そうしよう。朝食がすんだら、ロビーに来てくれ」

「ええ」

国友は早くに朝食をすませて市川刑事に連絡するためにロビーへと向った。

「――夕里子」

と、綾子が言った。「物騒なこと、やめてね」

「好きでやってないわよ」

「好きでやってる」

と、珠美が言った。「夕里子姉ちゃん、生命保険に入ってる？　受取人、私にしといてね」

「おはようございます」

〈ホテルM〉では、仲居頭の江藤良子が、朝発つ客に挨拶していた。

「ああ、犬丸さん」

と、良子は犬丸和代を見て、「どうしたんです？　目の下にくまが……」

「ああ……。ちょっと眠れなくて」

と、和代は首を振って、「宗和が帰らなかったわ」

「田丸郁子と、大方どこかに泊ったんですよ」

と、良子は苦笑して、「困ったもんですね。帰ったら、郁子にはよく言っときますから」

「いえ……。いいのよ」

と、和代は呟くように、「生きてさえいれば……。ねえ、人間、命があれば、それだけで……」

「はあ」

と、良子はポカンとしている。

「あの人――バーテンだった……」

「有田ですね。昨日はさっさと逃げちゃったんですって。でも、お金を持ち逃げしたんですから。じき捕まりますよ」

「いえ、たぶん……捕まらないわ」

と、和代は言った。

「捕まらない、って、どうして？」

「たぶん……有田さんはもう生きてない」

「何ですって？」

「あ……いえ、何でもないの」

和代は首を振って、「朝から温泉に浸って来ようかしら」

「そうなさったら？　もう一度眠られるといいですよ」

「そうね……。でも、眠れるかしら。もう二度と眠れないかも……」

和代はフラフラと大浴場へと向って行った。見送って、良子は、

「大丈夫かしら」

と、首をかしげた。

そこへ、

「良子さん。電話です」

と呼ばれて、息をつく。

「はい！　――どこから？」

と、小走りに、フロントの電話を取る。

「警察からです」

「あら、じゃ有田のことね、きっと。――もしもし」

向うの話を聞いて、良子の顔から血の気がひいた。

「殺された？　有田が……」

愕然として、そう言ってから、「まさか……」

たった今、和代は有田が「生きていない」と言ったのだ。

どうして有田が殺されていると知っていたのか。

「あの――実は……」

良子は言いながら声が震えた。


「じゃ、犬丸和代さんは有田が殺されてると言ったんですね？」

と、国友が訊いた。

正確には少し違うが、

「ええ、そうなんです」

と、良子は肯いて、「有田は殺されてるわよ、って不敵な笑いを浮かべて言ってました」

夕里子たち三人と国友が〈ホテルM〉に着いたのは、市川刑事とほぼ同時だった。

「まさかあの犬丸さんが……殺人犯？」

と、良子は言った。

「それは分りません」

と、国友は言った。

「自分で殺してたら、そんなこと言わないよね」

と、珠美が言った。

「いや、往々にして、殺人犯というものは、理屈に合わない行動をするものです」

と、市川は言った。「ともかく連行しましょう」

「話を聞く必要はありますね」

と、夕里子が言った。「今、犬丸さんはどこに？」

「お風呂だと思います」

「お風呂？」

「さっき大浴場に。――もう出て来ると思いますけど」

「行きましょう！」

と、市川が声を上げた。

「といっても、まさか女湯の中へ踏み込むわけにも……」

と、国友は言った。「じゃ、逃げられないように、女湯の入口の前で待っていましょう」

「何なら、私が中へ踏み込みますが」

と、市川は言ったが、

「わ、エッチ！」

と、珠美に言われ、

「そんな意味では……」

と、真赤になった。

「浴衣姿で連れて行けないでしょ」

と、夕里子が言った。「部屋までついて行って、着替えてもらってから、同行してもらえば」

ともかく、ゾロゾロと大浴場へと向う。

その間も、珠美に、

「おじさん、女湯覗きたかったんでしょ」

とからかわれ、

「そんなことはありません！」

と、むきになっている市川だった。

女湯ののれんを分けて、女性客が一人出て来た。

「あの、すみません」

と、国友が呼び止めて、「中に入ってる人は……」

「今は一人だけですよ」

「どうも」

では、今犬丸和代だけが入っているらしい。

夕里子たちは、涼むためのソファのあるスペースで待つことにした。

「もう出ているといけない」

と、市川が言って、「私は部屋を見て来ます」と、駆けて行った。

そんなに「待たれている」とは思いもしない和代は、いささかのぼせ気味なほど、お湯に浸っていた。

「もう……。宗和ったら、どこにいるのかしら……」

と呟く。「もてるのは仕方ないけど。何しろ、私に似たからね……」

有田も殺された。——次は？

あのふしぎな男は、本気で和代を助けてくれているらしい。もちろん、和代が頼んだわけではないのだが。

「冗談じゃないわ」

と、和代は呟いた。「私が共犯なんてことになったら……。いえ、もしかしたら主犯ってことに」

私は人殺しじゃない！　そう叫びたいような思いだったが、今は口をつぐんでいるしかない……。

「もう出ないと……」

のぼせて引っくり返りそうだ。

和代はお湯から上ろうとした。そこへ、

「出てはいけません」

と、声がしたのだ。

「——え？」

今、入っているのは自分一人だ。でも、今の声は……。

「ここです」

声は外から聞こえた。

「え？」

和代は振り返った。――湯舟の奥に大きなガラス窓がある。むろん、外から見られないように、その向うは高い生垣《いけがき》で囲われているのだが、そのガラス窓の向うに黒い人影が見えた。

といっても、ガラス窓自体、湯気で白くなっているので、人影もぼんやりとしか見えないのだ。

「あなたは……」

「今、出ると警察が待ち構えています」

「え？　私を？」

「そうです。逮捕されてしまいますよ」

「私は何も……」

「ここから逃げるんです」

「どこ？　窓は開かないでしょ」

それにしては、外からの声がはっきり聞こえる。

「ここからです」

窓の一隅のガラスが切り取られていた。

人一人、抜け出せるくらいの穴が開いていたのだ。

「いつの間に……」

「でも……私、何もしてないわ」

と、和代は言った。

「そんな言い分が通ると思ってるんですか」

と、その声は言った。「逮捕されれば、何日も眠れずに訊問され続けるんですよ。

それに耐えられますか?」

「そんな……」

「ここから逃げるんです」

「逃げたら、犯人だと認めてるようだわ」

すると、笑い声がして、

「当然でしょう。あなたも犯人なんですから」

「私……私は……」

「どうします? 出て行って、手錠をかけられたいですか?」

そう聞くと、和代はゾッとした。

「――分ったわ」

と、和代は言った。「でも、浴衣しかないわ」

「脱衣所へ出たら、最後です」

「え？　でも――」

「ここにあなたの服を持って来てあります。ここで着るんですよ」

「私の服？」

「部屋から取って来ました。下着も一揃いね」

「でも……」

「さあ！　時間がありません。あまり遅いと、中まで踏み込んで来ますよ」

「分ったわ」

和代は湯舟に入ると、窓ガラスの穴へと進んで行った。

「――あなたは……」

「そこにタオルと服が」

確かに、バスタオルがていねいにたたんで置かれている。和代は外へ出ると、震え上って、あわててタオルで体を拭いた。

そして自分の服。——確かに、下着から一揃い、ちゃんとまとめてある。

下は芝生になっていて、そう足も汚れなかった。

恥ずかしいも何もなく、和代は服を身につけ、靴をはくと、

「どこなの？」

と、周囲を見回した。

「ここから」

と、声がした。

生垣の向うに、その声の主はいるらしかった。そして、生垣の一部が壊れていて、そこから手招きする手だけが見えた。

「でも——」

「急いで。踏み込んで来ますよ」

「分ったわ」

和代は思い切って生垣をくぐった。

どうにでもなれ！

——遅すぎる、というので、まず夕里子たちが女湯へ入って来たのは、その十分後だった。

窓ガラスが切られて、和代が逃亡していると分って、大騒ぎになった。

「でも、裸で逃げたの？」

と、珠美が言った。

「まさか。あの人にこんな分厚いガラスを切るなんてこと、できないわよ」

と、夕里子は言った。「誰かが外から呼び出したのよ」

「やっぱり、殺人犯？」

と、綾子が言った。

「それは分らないけど……」

「ガラス、高いんでしょうね」

と、綾子は心配そうに言った……。

14　計画

「いいチャンスだわ」

と、中河千津は言った。

「何が？」

と、吉川はランチを食べながら、「宝くじでも当てたのかい？」

「よして。忘れたの？」

千津はもう昼を食べ終っていた。

「冗談だよ」

と、吉川は笑って、「一億の大仕事だ。忘れるもんか」

「大きな声で言わないで。人の耳に入ったらどうするの」

と、千津がたしなめる。

「平気さ。誰も聞いちゃいないよ」

駅前の小さなレストランで、昼食時間には少し遅いので、空いていた。

「いいチャンス、って言ったのは、例の殺人事件のこと」

「ああ。〈犬丸〉の女将だったのが、逃げてるんだろ？」

「そのようね。知ってる？」

「ああ、もちろん」

吉川が、〈ホテル犬丸〉の女将がクビになった件を詳しく話すと、

「大まかな話は聞いてたけど……。そういうことだったの！」

と、千津は笑ってしまった。

「しかし、あの女将に、人殺しができるとは思えないな」

と、吉川は言った。「共犯者がいたとのことだけど」

「逃がしたのも、その共犯者？　男なんでしょ、きっと」

「らしいな」

「息子がいるって言ってなかった？」

「女とどこかへ泊りに行ってて、〈ホテルM〉に戻って来たら、お袋さんが手配中。

気絶したそうだ」

「あらあら」

ランチの後のコーヒーを飲みながら、

「この辺りは、今その事件で大騒ぎよ。私たちの仕事には都合がいいわ」

と、千津は言った。

「そうか？　だけど、警官が、あちこちで目を光らせてるんだぜ。大丈夫か？」

「そこよ」

と、千津は微笑んで、「犬丸の息子って何ていうの？」

「犬丸……宗和だったな、確か」

「あなた、その坊っちゃんを慰めてあげて」

「あの馬鹿息子を？」

「すぐあなたを信用するでしょ。お母さんを救おう、とか言って、こっちのいいように利用するのよ」

「なるほど」

「私たちの仕事から警察の目をそらすために、その息子に何かやらせるの」

「何か、って、何を？　大したことできないぜ、きっと」

「そこをうまくやって」

と、千津は言った。「口は達者でしょ」

「口だけじゃないぜ」

と、吉川は千津の手を握った……。


「佐知子さん」

オフィスにいた佐知子は、パソコンの画面から目を離した。

「なあに、永田さん？」

「吉川さんが、ご用があるそうで」

「吉川さん？　分ったわ」

「ロビーにおいでです」

「じゃ、コーヒーでも差し上げて」

「分りました」

佐知子は急いでロビーへ出て行った。

「吉川さん。どうも」

「やあ。お忙しいのに、すみませんね」

「とんでもない！　会長さんはお元気ですの？」

「会長ですか。今、パリにいます」

「まあ、飛び回ってらっしゃるのね」

「元気そのものですよ。ところで、佐知子さん。一つお願いがありまして」

「何でしょう？」

「一人、泊めてやって欲しいんです。小さい部屋でいいですから」

「分りました。いつこちらへ？」

「もうそこにいます」

と、吉川がドアの方へ目をやると、おずおずと立ち上ったのは——

「まあ、宗和さん！」

「〈ホテルM〉で、いやがられてしまいましてね」

と、吉川が言った。

「そうですか。——もちろん引き受けましたわ」

「母親の行方は分らないんですか」

「犬丸さん？　ええ、あちこち手配はされているようですが」

と、佐知子は言った。「宗和さん、お荷物は？」

「ひどいんだ」

と、宗和は口を尖らして、「〈ホテルM〉が渡してくれないいんだよ」

「あら」

「ホテル代が払えなくなったときのためだ、って。いくら何でも、客に対して、それはないよな」

「あちらも商売だから……」

「ここの分については、うちの社で責任を持ちます」

と、吉川が言った。

「ありがとうございます。でも、宗和さん、少し狭いけど、普通のお部屋でいい？」

「うん……。まあ、ここはもうお袋のもんじゃないしね」

と、宗和は肩をすくめた。

「待っててね。コーヒー、飲んでて」

佐知子が立って行く。永田がコーヒーを二つ、届けさせたので、吉川と宗和はそれを飲んで、

「良かったね、宗和君。ともかく食事と寝る所は確保できたわけだ」

「どうも……。でも、佐知子の奴、すっかり女将らしくなっちまったな」

「あの人は大したもんだよ」

「でも、吉川さん」

「うん？」

「どうして俺にそこまでしてくれるんですか？」

「そうだな。——君とお母さんをここから追い出したのはうちの会長だからね。秘書として、多少責任を感じてるせいかな」

「どうも……」

「しかし、お母さんが殺人の共犯者として追われてるのは気の毒だね」

「そうでしょう？　うちのお袋にそんなことできるわけないのに」

と、宗和は腹立たしげに、「いくら言っても、警察は聞こうとしないんだから！」

「まあ落ちつけ」

と、吉川は宗和の肩を叩いて、「実は、お母さんのことで、君とじっくり話したいと思ってるんだよ」

「何のことですか？」

「それは部屋で二人になってから」

と、吉川は肯いて見せた。

すぐに、佐知子がルームキーを手に戻って来た。

「じゃ、宗和さん、この部屋で。——分るわね」

「ああ、大丈夫。佐知子——いや、佐知子さん、ありがとう」

「どういたしまして」

と、佐知子は微笑んで、「じゃ、私、仕事があるから、これで」

佐知子が行ってしまうと、吉川は、

「よし。じゃ、ともかく部屋へ行こう」

と促した。

吉川と宗和がロビーからいなくなると……。

背もたれの高いソファにかけていた珠美がゆっくり立ち上った。

「ふーん……」

と、首をかしげて、「何だか怪しいわね」

「珠美。こんな所にいたの」

と、綾子が通りかかって、「さっき通ったとき、気付かなかったわ」

「ソファの向うに座ってた」

「何だ。夕里子が何か用があるみたいよ」

「私の方もある」

と、珠美は言った。


「吉川さんが？」

と、夕里子は珠美の話を聞いて、「あの人が、どうして前の女将の息子と？」

「知らないけど、何かわけありだったよ」

と、珠美は言った。

「佐知子さんもお人好しね。あの母子には散々ひどい目にあってたっていうのに」

と、夕里子は言った。「私なら叩き出しちゃうわ」

「そういうこと、しちゃいけないわ」

と、綾子が言った。

「じゃ、お姉さんなら過去を赦《ゆる》すの？」

「私なら叩き出したりしない。崖から突き落としてやるわ」

「もっとひどいじゃないの！」

――三人は、駅前の〈スーパーN〉に来ていた。

「私、化粧水買ってくる」

と、綾子が言った。

「私も行こう」

と、珠美が言った。「安売りのにしなさいね」

「肌に合うかどうかでしょ、問題は」

「いや、安いか高いかだ」

と、珠美は主張した。

「私、向いの喫茶店に入ってるよ」

と、夕里子は言った。「買物終ったら、来て」

「分った。――何か食べようか」

と、綾子が言った。

「ちゃんとお昼食べたでしょ」

「することないから、食べるくらいしか……」

「理屈になってない」

――夕里子は、一人で先に喫茶店に入ると、「〈おいしいフルーツのタルト〉か……」

テーブルに置かれたメニューを見ると、やはりつい食べたくなり、

「すみません、このタルトとレモンティー」

と、ウエイトレスに言った。

「はい。——あ、待って下さいね。まだあったかしら」

と、ウエイトレスが確かめに行って、「大丈夫でした。まだ二つありました」

「二つ？　じゃ、私が食べると、残り一つ？」

「ええ。二つとも召し上るんですか？」

「いえ……。あと二人来るんで……」

三人でタルト二個？　微妙だ！

夕里子が食べた後、残る一つを巡って、二人が血で血を洗う争いに……まではいかないだろうが。

つい、「だったら、二人に取っといて、私は我慢しようか」などと、つい「お母さん」をしてしまう夕里子だった。

するると、

「これ、まだ手をつけてないから、どうぞ」

と言ったのは——。

「あ、徳田さん」

徳田勇一が、近くの席にいたのである。

「このタルトでしょ。僕、どうしても食べたいってわけじゃないから」

「いけませんよ、そんなこと」

「三人で三つなら、ちょうどいいでしょ」

「だけど……」

「命、助けてもらったお礼だから」

「は……」

ウエイトレスがポカンとして話を聞いていたが、

「何か、ドラマチックなご関係なんですね！」

と、わくわくした顔で言った。

「分りました」

と、夕里子は言った。「じゃ、代りに、そのコーヒー、ごちそうさせて下さい」

二人は顔を見合せていたが、その内一緒に笑い出した。

「じゃ、こちらのテーブルにどうぞ」

と、夕里子は言った。「姉たちは、今、そこのスーパーで買物してます」

「それでは……」

徳田勇一は、自分でコーヒーカップを手にテーブルを移って来た。

「――仲がいいね、お宅の姉妹」

と、勇一は言った。

「母がいないので。父も年中出張で海外に行ってますし」

と、夕里子は言った。「佐知子さんと、いい雰囲気でしたね」

「え？　ああ……。あの美術館の」

「ええ。佐知子さん、しっかりしてて、すてきですね。まだ二十一でしょ？　姉と違わないなんて、とても思えない」

「昔はよく泣く子だったんだ」

「そうですか」

夕里子は紅茶が来ると、一口飲んで、「勇一さんも、あの〈ホテル犬丸〉で働いたらいいんじゃないですか？」

「え？」

「あ、ごめんなさい！　ついお節介なこと言っちゃうって叱られるんです」

勇一は夕里子を何やらじっと見つめていたが……。

「僕なんかがいると、佐知子ちゃんに迷惑がかかるばかりなんだ。――そうなんだよ」

「そんなこと……。佐知子さんは、あなたのこと好きでしょ」

「佐知子ちゃんはまだ若い。これからいくらでも出会いがあるさ」

「勇一さん、まだ二十八？　ご自分だって若いのに」

　と夕里子は微笑んだ。

「若いってのは、年齢だけじゃないよ」

「それは分りますけど」

「夕里子君……だっけ。国友って刑事さんと恋人同士なんだろ」

「恋人ったって……。まだ私、十七だし。何となく、色々事件に出くわすように生れついてるんで、私たち姉妹は」

「国友さんって、何か事件を調べに来てるんだろ？」

「ええ。殺人事件ですね。——あんまり首突っ込むと、姉と妹に叱られますけど」

「殺人事件か……」

　と、勇一は呟くように言って、「じゃ、もしかして僕を……」

「え？」

「いや、何でもない」

と、勇一は首を振った。

夕里子は、

「お節介ついでに」

と言った。「何があっても、死のうとしちゃだめですよ」

「夕里子君……」

「生きなくちゃ。人はいつだってやり直せるんですよ」

「やり直せる、か……」

勇一は呟くように言って、「やり直せると良かったけどね……」

「勇一さん、良かったら話して下さい。死のうとしたわけを。絶対に秘密にしますから」

夕里子の言葉に、勇一はちょっと微笑んで、「ありがとう。でもね……」

と、勇一は少し考えていたが、「そうだね。君になら話してもいい」

「話してみて下さい」

「ただ……」

と言いかけたとき、珠美が店に入って来た。

「あ、夕里子姉ちゃん、浮気してる！　国友さんに密告するぞ！」

「オーバーね。お姉さんは？」

「今来るよ。何しろどんなに急いでも、普通の人のスピードだから。わ、フルーツタルト、旨そう！」

残しといて良かった、と夕里子は思ったが、勇一の話はそれきりになってしまった……。

15　紅葉《もみじ》の日

「おはよう」

国友が朝食のテーブルへやって来て、言った。

「刑事にしちゃ、寝坊なんじゃない？」

と、珠美が言った。

「ちょっとくたびれてね」

と、国友は、洋食のモーニングセットを頼んでから、大欠伸した。

「夜遊び？　でも、こんな町に、遊ぶ所ってあるの？」

と、夕里子が訊いた。

「おい、変なこと言わないでくれよ」

と、国友が苦笑して、「ゆうべ、あの市川って刑事に付合って飲んでたら、遅くなっちゃったんだよ」

「奥さんに逃げられた嘆きとか？　自業自得でしょ」

「その話もあったけど、地元の警察の中のもめごとさ」

「それで犯人捕まえられるの？」

と、夕里子は呆れて言った。

「さあね。――それより、君たちは仕度、すんだの？」

国友の言葉に、佐々本三姉妹はチラッと目を見交わした。そして夕里子はお茶を一口飲むと、

「その前に、国友さんは東京に戻らなくていいの？」

――佐々本家の三人は、試験の後の休みでここへ来ていたのだが、今日は帰宅することになっている。明日からはいつも通り学校がある。

「まあ、課長がここの署長に頼まれたそうでね。古い知り合いなんだって」

「へえ」

「ここの捜査に、警視庁刑事として協力してやれ、と言われたよ」

珠美がちょっと首をかしげて、

「それって、要するに『お前がいなくても困らない』ってことじゃないの?」

綾子がそれを聞いて、

「そんなこと、ご当人に向って訊くもんじゃないわよ。気の毒でしょ」

夕里子が咳払いして、

「実は、私たちも、ちょっと国友さんの名前を利用させてもらった」

「どういうこと?」

「学校に電話して、『殺人事件の捜査で、しばらく足止めされてます』って言ったの」

「おい……」

「学校の方も、『では警察の方々に協力するように』って……。で、休みは延長」

「勝手にそんな……。残って、何するつもりなんだい?」

「もちろん、国友さんの捜査に協力するのよ」

と、珠美が言った。「バイト代、一日三千円でいいよ」

「珠美」

と、夕里子がちょっとにらんで、「国友さんの名前を出してごめんなさい。でも、どうしても、ここにまだいたかったの」

「それはつまり……何か気になってることがあるんだね?」

「もちろんよ！　本間道子、久我弥生、有田——何だっけ？　ともかくその三人を殺したのが誰なのか。犬丸和代さんを連れ去ったのも同じ人物なのか」

「気持は分るがね……」

と、国友はため息をついて、「それは警察の仕事で——。いや、もちろん、君らがこれまで僕らの捜査に力を貸してくれてることはよく分ってるよ。でも、今回は犯人の姿が全く分ってない。ということは——」

「私たちのすぐ近くに犯人がいるかもしれない。——でしょ？」

「その通り。君らを危い目に遭わせたくないんだ」

「これまで、散々遭ってるよ」

と、珠美が口を挟んだ。

「それはいいの。私たち、自分たちで決めて行動してるんだから」

「ま、言ってもむだだな」

と、国友が首を振った。

「むだ。——諦めて。とんでもない女の子を恋人に持ったもんだ、って」

と、夕里子が言った。「それにね、他にも気になることが」

「何だい？」

夕里子は、珠美がたまたま耳にした、吉川と犬丸宗和の会話のことを国友に話した。

「――特に犯罪につながりそうでもないけどね」

「国友さん、その場で聞いてないから」

と、珠美は言った。「その雰囲気、本当に怪しかったんだから」

国友も、「犯罪に巻き込まれるベテラン」（？）の言葉を無視はできなかった。

「分った。――よく目を光らせるよ」

「でも、今の話、佐知子さんには内緒よ」

と、夕里子は言った。「佐知子さんは吉川さんのこと、信頼してるから」

「了解」

と、珠美は言った。「朝ご飯、足りない」

「もう……。太るよ」

「育ち盛りなの」

「それと、国友さん」

と、夕里子は言った。「これも佐知子さんには言えないけど、あの徳田勇一さんって人……」

「ああ、昔このホテルにいたって子だね」

「でも、海に入って死のうとしたり、どうしてこの町へ帰って来たのか、気になるの」

「つまり……東京で何かやったとか？」

「そうじゃないかって気がするのよ」

と、夕里子は肯いて、「佐知子さんには辛いことになるかもしれないけど……」

「分った。徳田勇一だったね。調べてみよう」

国友はメモを取った。

「大したことじゃないといいんだけど……」

と、夕里子は呟くように言った。

そこへ、

「おはようございます！」

と、弾むような声がして、佐知子がやって来た。

「あ、おはよう……」

夕里子は、ちょっと曖昧《あいまい》な口調で言った。

「宿泊を延長していただいたんですね。ありがとうございます」

「いえ、いい所なんで……」

「ぜひここの〈紅葉の日〉を楽しんで行って下さいね」

「〈紅葉の日〉？」

「今年から始めたんです」

と、佐知子は言った。「お泊りの方を、全部ホテル持ちで紅葉のきれいな谷へご案内するってプランです。お昼のお弁当もご用意します」

「ホテル持ち、って――タダってこと？」

と、珠美が身をのり出す。

「はい、もちろん。次においでいただくことにつながれば、と」

「偉い！」

と、珠美は拍手した。

「あんたはタダってとこが気に入ったんでしょ」

と、綾子が言った。

「明後日に行いますので。――あ、それでその〈紅葉の日〉の実行委員長に……」

佐知子が傍へ寄ると、パリッとしたスーツにネクタイの――。

「まあ、徳田さん」

と、綾子が言った。「とてもお似合いよ」

徳田勇一が、髪も切ってきっちりと分け、別人のようにスッキリして立っていたのである。

「お恥ずかしいです」

と、勇一は照れていた。「でも、少しでも昔なじみの佐知子ちゃんの手伝いができればと思いまして」

「勇一さんは、山の中もよく知ってるし、うまくやってくれると信じてるんです」

「精一杯やるよ」

「お願いね。――今夜、夕食のときに、お客様にもお知らせして、参加のご希望を伺います」

と、佐知子は言った。

「頑張ってね」

と、夕里子は微笑んで言った。

「はい！　どうぞ国友さんとご一緒に、ご参加のほどを」

と、佐知子は言った……。

――佐知子と勇一が食堂から出て行くと、

「ちょっと複雑だ」

と、夕里子は言った。「勇一さんも、何だか活き活きしてたね」

「うん……。しかし、もし東京で何かしでかしたのなら、放っておけないよ」

と、国友が言った。

「分ってるけど……」

夕里子は、佐知子と勇一の明るい笑顔が気になっていた……。


「〈紅葉の日〉?」

と、中河千津が言った。

「ああ。明後日やるらしいよ」

と、吉川が肯いて、「ちゃんと先の先を考えてる。目先のことだけに囚われていないのが偉いな」

お昼どき、吉川と中河千津は駅前に出て来ていた。

「それ、使えるかも」

ランチを食べていた千津が言った。

「――何が?」

「そのイベントよ。どれくらいの客が参加するのか知らないけど」

「今夜、参加をつのるって話だよ。タダだっていうから、結構いるんじゃないかな、行こうって客が。現に、もうホテルの中で噂になってるよ」

と、吉川は言った。

「すてきじゃない。もし、大勢が参加したとして……」

「どういう意味？」

「その間に、こっちも計画を実行に移すのよ」

吉川が目を丸くして、

「明後日だぜ！　いくら何でも——」

「明日一日あるわ。早速連絡してみる。そんなに大勢必要なわけじゃないから」

「だけど……」

「ね、そのイベント、〈紅葉の日〉だっけ？　〈ホテル犬丸〉だけでなく、他のホテルの客も一緒にって、どう？」

「それは……僕が決めることじゃない」

「佐知子さんに提案してみるのよ」

「まあ、それはできるけど……」

「ね、一軒のホテルだけがやるんじゃなくて、何軒もが力を合せたら、イベントも盛り上るわ」

「話してみるよ。でも、どうかな……。他のホテルの支配人やオーナーが、佐知子君のように、『今、損をしても、先のことを考えて』と思ってくれるかどうか……」

「まあ、確かにね」

と、千津は肯いて、「でも、二軒でも三軒でも、一緒にやれば客の数は増えるでしょ」

「それをどうするんだい?」

千津はちょっと笑みを浮かべて、

「考えがあるの。――何か大騒ぎになるようなことが起れば……」

と言った。


「ええ、それは私も考えたんです」

と、佐知子は吉川に言った。「他のホテルの方にお話しして、ご一緒にやりませんか、って……。でも、どこも『タダなんて、とんでもない! 今だって赤字なんだ。参加するなら、ちゃんと代金をもらわなきゃ』とおっしゃって……」

「なるほど」

「私に力がないから。でも、今年やって、評判が良ければ、他のホテルでも来年はやろうかって考えて下さると思うんです」

吉川は〈ホテル犬丸〉へ戻って、早速佐知子に話をしたのだったが、佐知子はもうそれを考えていたのだ。

「やっぱり、私なんか若くて、他のホテルの女将さんには相手にしてもらえないんですよね」

と、佐知子はロビーで言った。

「いや、そんなことはないよ」

と、吉川は首を振って、「ただ、商売人ってのは、損をすることを極度に嫌うもんだからね。今、損をしても先の利益につながるように、とはなかなか考えてくれないのさ」

「うちも、楽じゃないんですけど」

「うん。佐知子君は偉いよ」

「吉川さんにそんな風に言われると……」

と、佐知子は照れている。

そこへ、永田がやって来て、

「佐知子さん。〈ホテルM〉の江藤さんからお電話が」

「ありがとう」

佐知子は急いで立って行った。

「——あ、佐知子さん？　お忙しいところごめんなさい」

「いえ、とんでもない」

「あのね、さっき、他の旅館の方から聞いたんだけど、おたくで〈紅葉の日〉ってイベントをやるんですって？」

「ええ、明後日」

「それに、うちの〈ホテルM〉も参加させてもらえないかしら」

佐知子はびっくりして、

「あの——でも、お客様には無料でご参加いただくんですよ」

「知ってるわ。むろん、うちからのお客様の分は、うちで持ちます」

「いいんですか？」

「何しろ、女将さんは殺されるし、バーテンの有田さんも……。ともかく、ホテルの中が陰気くさくって仕方ないの。何か、こうパッと明るくなるようなこと、ないかしら、って思ってて。そこへ〈紅葉の日〉のことを聞いたんで、これだ、って思ってね。便乗しちゃうみたいで申し訳ないけど」

「とんでもない！」

佐知子の声が弾んだ。「ぜひいらして下さい！　これからすぐにそちらへ伺いますわ。やはりお会いしてご説明した方が間違いありませんから」

「ありがとう。お待ちしてるわ」

佐知子は電話を切ると、永田へ、

「ね、勇一君を呼んで！」

と、声をかけ、ロビーの吉川の所へ急いで戻って行った……。

16　案内図

「まあ、〈ホテルM〉が？」

と、中河千津は吉川の話を聞いて、目を輝かせた。「いいじゃないの！」

「まあ、人数は倍くらいになるだろうな」

と、吉川は言った。

「ね、そのプランの案内図というか、どの辺に行くのか、地図は手に入らない？」

「そりゃあ、簡単だよ。後で訊いてみる」

「手に入れて。――私が計画を立てる」

千津の部屋である。吉川はビールを飲んで、

「明日、現地へ行くらしいぜ、佐知子君たちが」

「あなたも行って」

　と、千津が言った。

「僕も？」

「行ってもおかしくないでしょ」

「そりゃもちろん……。行って、何をするんだい？」

「その場所をよく見て来て。それと途中を」

「途中？」

「そう。車で行くんでしょ？」

「ああ。道が狭いから、マイクロバスらしいよ。本当は歩いた方がいいんだそうだけど、それじゃ参加しなくなる人もいそうだからな」

「そのマイクロバスで通る道をよく見て来て」

「分った」

「写真を撮って来てくれる？　車の窓から撮ってたって、おかしくないでしょ」

「うん、いいよ。しかし——何を考えてるんだ？」

「まだ内緒よ」

　と、千津はウインクして、「今、人手を集めてるところ。必要な人数が揃ったら、計画実行だわ。明日の夕方には分る。そうしたら教えてあげる」

「もったいぶるなよ」

「そうじゃない。慎重なのよ」

と、千津は言った。「さ、私は出かけるわ」

「今から？」

「色々連絡することがあるの。——今夜は帰らないかもしれないわ」

「どこへ行くんだ？」

と訊いてから、「——分ったよ。内緒なんだろ」

「正解よ。ともかく私に任せて」

千津はスーツに着替えると、「それじゃ」

と、吉川に軽くキスして部屋を出て行った。

吉川も、千津がいなくては仕方ないので、自分の部屋へ戻ることにした。

途中、ロビーに寄って新聞を広げていると、

「吉川さん」

と、佐知子が声をかけて来た。

「やあ、どうした？」

「ええ、早速〈ホテルM〉でもお客様に呼びかけていただいて。十人以上参加されるようです」

「それは良かった」

「私、今から夕食の席でお話をします。吉川さん、夕飯は？」

「うん。それじゃ——僕もいただこう」

「あ、すみません」

佐知子のケータイが鳴ったのである。「もしもし。——まあ、大杉さん！」

吉川が足を止める。会長から？

「——はい、何とか皆さんに助けていただいてやっています」

と、佐知子は言った。「——え？　——まあ、じゃ明日こちらへ？」

吉川は驚いた。大杉はまだヨーロッパだと思っていたのだ。

「もちろん、嬉しいです！　お待ちしておりますわ。——あ、吉川さんがここに。代りますか？　——分りました、お伝えします」

佐知子は通話を切って、「吉川さん、会長さんが……」

「明日ここへ？　全く神出鬼没だな」

と、吉川は笑って言ったが——。

笑いがスッと消えて、

「用を思い出した。後で食堂へ行くよ」

「分りました」

佐知子が行ってしまうと、吉川は、

「えらいことだ……」

と呟いた。

明日、大杉がここへ来る。もし、中河千津と出くわしたら……。

吉川は急いで千津のケータイへかけたが、つながらない。

「明日か……」

まだ時間はある。

大杉と千津を会わせるわけにはいかないのだ。

警察へは届けなかったものの、千津は会社の金五千万円を横領して姿を消した。もし、このホテルで大杉が千津と出くわしたら……。

「何とかしなきゃ」

と、吉川は呟いて、もう一度千津のケータイへかけた。

やはりつながらない。

「畜生！」

と、吉川は思わず言った。

「――何が『畜生』なの？」

と、後ろで声がして、吉川はびっくりして振り向いた。

「ああ、君……。三人姉妹の末っ子だったね。珠美君だっけ」

と、吉川は笑顔を作って、「いや、ちょっと仕事のことでね。色々頭に来ることもあるのさ」

「分るわ」

と、珠美は肯いて、「私たちも、色々頭に来る大人に出会って来たから」

「そう？　若いのに苦労してるんだね」

「そうなのよ。十五歳にしちゃ老けてるでしょ？」

そこへ、夕里子と綾子がやって来た。

「――誰が老けてるって？」

と、綾子が訊いた。

「綾子姉ちゃんのことなんか言ってないよ」

「夕食の席で、佐知子さんが〈紅葉の日〉の説明をするのよ」

と、夕里子が言った。「私たちも聞きましょう」

三人と一緒に歩きながら、吉川は、

「君たちも〈紅葉の日〉に参加するの？」

と訊いた。

「ええ、そのつもりです」

と、夕里子が言った。「少しでも佐知子さんを応援したいので」

「いいことだね。いや、彼女はよくやってるよ」

と、吉川は言った……。


夕食にやって来た客たちに、佐知子は明後日の〈紅葉の日〉について説明した。

しかし、客の方はもう噂で聞いていたようで、即座に、

「参加するわ！」

という声がいくつも上った。

「ありがとうございます！」

佐知子は頰を染めて、「明朝までに、ご希望の方はロビーに置いた用紙にお名前をご記入下さい。詳細は明晩の夕食の席で申し上げます」

そして、スーツにネクタイの徳田勇一を手招きして、客たちに紹介した。

「あら、いい男じゃない」

と、中年の女性客が言った。「私も参加しよう。年齢制限はないのよね」

ドッと笑いが起る。

いい雰囲気だ、と夕里子は思った。

勇一も照れたように笑っている。勇一のあんな笑顔は初めてだ。

この役目を無事に果せば、勇一も生きて行く力を得るかもしれない。――もちろん、そううまく行くとも限らないけれど。

三人が夕食を食べ始めると、国友がやって来た。

「一緒でもいいかい？」

「夕里子姉ちゃんと二人になりたい？」

「珠美！　――もちろんよ。お疲れさま」

国友も夕食を持って来てもらうことにして、

「ビールを一杯飲みたい」

と、付け加えた。

「大分くたびれたみたいね」

と、夕里子は言った。「犬丸和代さんの行方、何かつかめた？」

「それでくたびれたのさ」

と、国友は息をついて、「方々捜し回ったけど、さっぱりだ。ここだって、〈ホテルM〉の辺りだって、そう隠れるような場所はない。それなのに、さっぱり手がかりがつかめないんだ」

「心配ね」

と、綾子が言った。「生きてればいいけど……」

「お姉さん、そんな縁起でもない」

「いや、言われてみれば、確かに」

と、国友は肯いた。「犬丸和代をわざわざ連れ出したのは、彼女の口から自分のことを知られたくなかったからだろう」

「じゃ、彼女を殺してどこかへ埋めたとか？」

「埋めたとなると……。何しろ周りは山ばかりだ。捜すのも大変だよ」

「殺されてるとは限らないわ」

と、夕里子は慰めるように言って、「当の息子がちっとも心配してない」

振り返ると、食堂の奥のテーブルで、犬丸宗和と吉川が食事をしている。宗和はビールをぐいぐい飲んで、大分酔っている様子。

「ありゃだめね」

と、綾子が言った。「吉川さんも閉口してるんじゃない？」

「あんまり口きいてないわね、本当に」

と、夕里子が肯くと、珠美が口を開いて、

「『畜生！』って言ってたよ」

「――何の話？」

「吉川さん。いつもの紳士的な様子とは全然違ってて、『畜生！』って……」

「そりゃ、『畜生』ぐらい言うでしょ」

「うん。でも――何だか、つい本音が見えたって気がした」

夕里子は国友と顔を見合せた。――珠美もただの中学三年生ではない。これまで色々犯罪にも係って来た。

「国友さん」

と、夕里子は言った。「できたら――」

「うん、分ってる。吉川という男のことも調べてみよう」

「誰もかも怪しいのね」

と、綾子はため息をついて、「人間が信じられないなんて、辛いわ」

「綾子姉ちゃんは人を信じ過ぎ」

と、珠美がからかった。

「あ、国友さん」

佐知子が国友に気付いてやって来た。「和代さんのこと、何か分りました？」

国友の話を聞いて、佐知子は表情を曇らせた。

「何だか——私がここから追い出したせいで、和代さんに災難が降りかかったみたいね」

「佐知子さんが追い出したわけじゃないわ」

と、夕里子が言った。

「ええ、でも……。そうそう、その〈Gファッション〉の会長の大杉さんがここへみえるんです」

「佐知子さんをここの支配人にした人ね」

「ええ。明日ここへ。さっき電話があったの」

「吉川さんも知ってるの？」

と、夕里子は訊いた。

「ええ、電話してるのを聞いてたし。びっくりしてたわ。いつもこんな風に世界を飛び回ってるらしいの」

そう言ってから、「大杉さん、〈紅葉の日〉に間に合ってくれたら……。ぜひ見ていただきたいわ。——あ、すみません、失礼します」

佐知子のケータイが鳴ったのである。「はい、〈ホテル犬丸〉の矢澄でございます。——いつもありがとうございます」

と、話しながら食堂を出て行く。

珠美が、

「もしかして、それが吉川さんの『畜生！』だったのかも」

と言った。

「でも、吉川さんって、大杉って人の秘書なんでしょ」

と、夕里子は言った。

「怪しいよ。秘書は色々秘密を知ってる」

夕里子は食事を終えて、お茶を飲みながら少し考えていたが、

「ね、国友さん」

と、口を開いた……。

「この赤い線がルート」

と、佐知子は、大きく広げた地図を手で押えて言った。

赤のサインペンで、山間《やまあい》の道をずっと辿ってある。

「地図じゃ分らないな」

と、吉川は苦笑して、「やっぱり実際に行ってみないと」

「そうですね」

と、永田が言った。「この辺に詳しい人ならともかく。このルートは、道は狭いですけど、景色はすばらしいですよ」

「それは楽しみだ」

と、吉川は肯いて、「明日の下見に、僕も同行させてもらっていいかな」

「もちろん！」

と、佐知子は嬉しそうに、「ぜひ見て下さい。感想を伺いたいわ」

「明日は天気も良さそうですよ」

と、永田は言った。

「明日、明後日、お天気がもってくれるといいけど」

と、佐知子は心配そうに、「晴れて、日が射すと、紅葉は特に美しいですから」

「なるほど」

「勇一君だわっ——勇一君、ちょっと」

と、佐知子が呼んだ。

勇一が加わって、ルートをもう一度確認する。

「結構な人数になるね」

と、勇一は言った。「マイクロバス一台じゃ乗り切れないかもしれない」

「〈ホテルM〉の江藤さんに頼んで、あそこのバスも出してもらいましょう」

「そうだね。できれば、明日一緒に山道を上ってもらった方がいい」

「そう？」

「あの道はかなり危いよ。いや、もちろん大丈夫だけど、降りて歩く所は用心しないと」

「ホテルからも何人かついて行くわ」

「うん、できれば二人三人じゃなくて、五、六人いた方がいい」

「そんなに？」

「崖から落ちたら命がないよ。それにガードレールもないし」

と、勇一が言った。「そういう所だから、紅葉が特に美しいんだけどね」

「分ったわ。——永田さん、明日都合のつく人を捜してくれる?」

「分りました」

「お休みの人でも、出られたら。手当は出すからと言って」

佐知子はもう一度地図を眺めた。

「おっと、電話だ」

吉川がケータイを取り出して、廊下へ出て行った。

永田は明日の出勤の顔ぶれを調べに、事務所へ行った。

「——私、こんな所まで行ったことないわ」

と、佐知子は言って、「勇一君、よく行ったの?」

「何度かね」

と、勇一は肯いて、「だから分るんだ。危い所とか」

「そう」

「死のうと思って行ったから」

——しばらく二人は黙っていた。

「勇一君……」

と、佐知子が言った。「私、憶えてるわ」

「何を？」

「朝、あなたがどこかからフラッと戻って来て……。『どこへ行ってたの？』って訊いても答えてくれなかった」

「そうだったかな……」

「そして、いきなり、私のこと抱きしめた」

と、佐知子はじっと勇一を見た。「私、まだ中学生だったけど、胸がドキドキして……。でも、とても気持よかった」

「佐知子ちゃん……」

「あのとき――私のこと、欲しがってたのよね」

「いや……」

「分ったわ、私にも。子供だったけど、勇一君となら、どうなっても構わない、って思った。でも、勇一君はそれきり何もしないで、パッと離れて行った……」

「僕も……憶えてるよ。死のうとして、死ねなくて帰って来たときだった」

と、勇一は言った。「誰かにすがりつきたかったんだ。救われたかったんだ」

「私でなくても良かったの？」

「そんな……。佐知子ちゃんと出会ったとき、これは運命だ、と思った。君を抱きしめて、ずっとそうしていたかった」

「どうして、行っちゃったの？」

「それは――」

と、勇一はためらって、「君はまだ子供だったし……」

「子供じゃなかったわ」

「佐知子ちゃん……」

「私、もう大人だった。ここで苦労して、女将さんに気をつかって、びくびくしながら暮して……。大人になってたわ。あのまま、どこかへ連れてってくれても良かったのに」

「そうしてたら……。僕の人生も違ってたかもしれないな」

佐知子は勇一の手を固く握って、永田が電話しているのをチラッと見ると、

「今からだって遅くないわ」

と、囁くように言った。「今夜、私の部屋に来て」

勇一はじっと佐知子を見つめて、

「それはいけないよ」

と言った。

「どうして?」

「分ってるだろ。僕は——」

「あのとき、果せなかったことを、果してよ。何年かかかったたっていうだけだわ」

「今の僕は、君を不幸に引きずり込むだけだよ」

「私のこと、なめないで」

と、佐知子は言った。「私はここの支配人よ。幸福も不幸も、自分で決めるわ」

「だけど……」

「いやなら、私があなたの部屋に行く」

「佐知子ちゃん……」

佐知子は激しく勇一をかき抱いてキスした……。


「連絡が取れて良かった」

と、吉川は言った。

ケータイに出ているのは、中河千津だった。

「じゃ、大杉会長が来るのね」

と、千津は言った。

「そうなんだ、明日」

「前もって分って良かった」

「どうする?」

「顔合せたら困るでしょ。――いいわ。今夜は遅くなるけど、明日の朝早くそこのホテルを出る。何時に着くの?」

「会長かい? 分らないが……午後だろう」

「じゃ、急な用事ができたと言って、早朝に出て行く。後はうまくやってね」

「会長が君の名を耳にしないように、手を打っとかないとな」

「〈中河〉だけなら分らないでしょ。あなた、大杉さんについていて、うまく話をそらしてね」

「分った。何とかするよ」

「ほんの一日二日だから。それに大杉さん、そう長くはいないでしょ」

「たぶんね。直接話してないんだ。それに、あの人の予定は、そのときの気分でコロコロ変る」

「一泊で帰ってくれるといいわね」

「そう願うよ」

「じゃ、夜、帰ったら電話するわ」

「待ってる。うまく行きそうか？」

「今のところ順調よ」

と、千津は言って、通話を切った。

吉川はちょっと首を振って、

「何を考えてるんだ？」

と呟いた。

17 すれ違い

「永田さん」

と、佐知子が声をかけた。

「何でしょう」

玄関の方へ行きかけていた永田が戻って来る。

「ごめんなさい。私、ちょっと頭が痛くて。今日はもう休むわ」

「分りました。後は大丈夫ですよ」

「ごめんなさい。よろしくね」

「ゆっくり休んで下さい」

「ええ。明日の下見を休めないから」

佐知子は肯いて言った。

「大丈夫ですか？」

と、ちょうど廊下を通りかかった夕里子が話を耳にして言った。

「あ、夕里子さん。大したことないの」

「でも、毎日疲れてますよ。少しは休まないと」

「ありがとう。用心して早く寝ます」

「そうして下さい」

夕里子は、綾子と珠美がやって来るのを待って、食堂へ向った。

もう夕食の時間は終っていたが、人がいなくなっているので、話をするのにちょうどいい。

「――国友さんは？」

と、綾子が言った。

「少し遅れるってメールが入ってた」

と、夕里子が言った。「ここで待ってましょ」

隅の方のテーブルにつくと、永田がやって来て、

「コーヒーでもどうです？」

と言った。

「タダですか？」

と、珠美が訊いて、夕里子ににらまれている。

「もちろんサービスですよ」

と、永田が笑って言った。「少しお待ちを」

「——みっともない」

と、夕里子は顔をしかめて、「ちゃんと払うわよ」

「佐知子さん、具合悪いの？　大丈夫かしら」

と、綾子が言うと、

「分ってない」

と、珠美が首を振って、「佐知子さん、具合なんて悪くないんだよ」

「何よ。あんた、何か知ってるの？」

「しっかり見てた」

「何を？」

「佐知子さんが、彼と熱いキスをするところ」

「それって……徳田勇一さんのこと？」

「もちろん！」

珠美は得意げに、「今夜、佐知子さんの部屋へ泊るのよ」

「珠美……。覗きなんてやめてよ」

「人聞き悪いな。覗かなくても見えた」

「怪しいもんだ」

「でも、良かったじゃない」

と、綾子が言った。「愛し合ってる二人が結ばれるのはいいことだわ」

「あれ、綾子姉ちゃん、結婚前はだめって主義じゃなかった？」

「それは……。最近、考えを変えたのよ」

「じゃ、夕里子姉ちゃんと国友さんも？」

「やめなさい」

と、夕里子がふくれて、「恋は神聖なものよ。からかっちゃだめ」

——永田自身がコーヒーをワゴンにのせてやって来た。

「さあ、どうぞ」

「すみません」

永田が三人のカップにポットのコーヒーを注いだ。すると——。

「すまんが、何か食べられるかね」

と、食堂を覗いている白髪の老紳士がいた。

「すみませんが、もう時間が――」

と言いかけて、永田はびっくりした。「大杉様!」

「やあ、その節は」

「あの――明日ご到着と伺っておりましたので」

「そのつもりだったが、思い立つとじっとしていられなくてね」

と、大杉は笑って、「車を雇って、来てしまった」

「さようでございましたか! いえ、もちろん何か食事をご用意させていただきます」

「すまんね。途中で食べるつもりでいたが、なかなか、これという店がなくてね」

「お待ち下さい。――ちょっと、料理長を呼んで!」

永田はそう言いつけてから、「佐知子さんをお呼びします」

「うん。ちゃんと頑張ってるようじゃないか。私の目に狂いはなかった」

と、大杉は言って、夕里子たちに目をとめ、「こちらのお嬢さんたちは?」

「あ、お客様です。佐知子さんとも親しくされていて……」

と、永田が言った。「では、すぐ佐知子さんを——」

「待って下さい」

と、綾子が言った。「大杉さん……。佐知子さんをここの支配人にした方ですね」

「その通り。聞いたのかね」

「はい、佐知子さんから。とても立派なことをなさいましたね」

「ありがとう」

「一つ、お願いがあります」

「私に？　何かな？」

「佐知子さんにお会いになるのを明日にしてあげて下さい」

「ほう。どうかしたのかね？」

永田が戸惑って、

「ちょっと頭痛がすると言って、もう部屋へ——。でも、ご挨拶くらいは」

「そうじゃないんです」

と、綾子が言った。「今夜は佐知子さんにとって、大切な夜なんです」

「お姉さん……」

「きっと、佐知子さんにとって一生忘れられない夜になるんです。ですから、明日の朝まで、そっとしておいてあげて下さい」

綾子の真剣な口調に、大杉はじっと聞き入っていたが……。

「――そうか」

と肯いて、「あの子も、もう子供じゃないということだね」

「そうです」

「分った。――あの子に会うのは明日にしよう」

と、永田の方へ言うと、「いや、このホテルには、すばらしいお客がやって来るものだね」

と微笑んだ。

そこへ、

「ちょっとお茶を一杯」

と、入って来たのは吉川だった。

そして、大杉を見ると、一瞬ポカンとしていたが、

「――会長！」

「少し早く着いた」

と、大杉は言った。「玄関の所に荷物がある。運んどいてくれ」

「あ……はい！　すぐに！」

と、吉川は出て行こうとした。

「あの、待って下さい」

と、永田があわてて、「まだ大杉様のお部屋を準備しておりません。すぐご用意しますので。お荷物も私どもが」

「そう……。そうか……。しかし、ちょっとすみません」

吉川が急いで出て行く。

夕里子は、吉川がただ「びっくりしている」だけでなく、「あわてている」ように見えて、首をかしげた。


佐知子は、ナイトテーブルの目覚まし時計に手を伸《の》ばした。

勇一が目を覚まして、

「もう起きる時間？」

と言った。

「あ、起こしちゃったわね。ごめん」

佐知子は目覚まし時計のアラームボタンをオフにすると、「必ず五分前に目が覚めるの。この目覚まし、鳴らしたことないわ。どんな音がするんだろ？」

と言って笑った。

「大したもんだね」

と、勇一は言った。「僕なんか、放っときゃ、いつまでも寝てるよ」

「寝ていてちょうだい。朝食の用意ができたら起こしてあげる」

そう言って佐知子は勇一にそっとキスした。

「佐知子……」

二人は肌を寄せ合った。

「——良かったのかな、これで」

と、勇一は言った。

「良かったのよ。そう信じてる。あなたも信じて」

「うん……」

佐知子は勇一を強く抱きしめた。勇一が、

「苦しいよ。息ができない」

「ごめんなさい！　私、腕力だけはあるのよね」

「ここで働いてれば、そうなるよね」

「ええ。――でも、その点は感謝してるわ、〈ホテル犬丸〉に」

「そういえば……。ホテルの名前、変えたら？　もう〈犬丸〉じゃないわけだし」

「でも……お客様がその名で憶えてらっしゃるから」

「だけど――」

「ええ、いつかはね。当面は今のままでいいわ。――ああ、もう起きなきゃ」

佐知子は伸びをした。「こんな素敵な朝、生まれて初めてだわ！」

佐知子はベッドを出て浴衣を着ると、

「ちょっと温泉に浸ってくるわ。ザッと入るだけ。――本当に、眠ってていいのよ」

「うん、分った」

部屋を出ようとして、佐知子は振り向くとベッドの方へ戻って、もう一度勇一にキスすると、

「すばらしい夜だったわ！」

と言って、ちょっと照れたように笑った。

そして、足早に廊下へ出た。

空気がひんやりと冷たく、快い。

まだ外はやっと白み始めたくらいだろう。

大浴場へと向った。

誰も入っていない大浴場。――そのお湯にゆっくり身を沈めると、佐知子は大きく息をついた。

勇一との一夜が、佐知子の体を、何かそれまで縛りつけていたものから解き放ったようだ。

「――幸せって、こういう気分なのね」

と、いささかはしゃいだ調子で、佐知子は大きな声を出した。「私は幸せ！」

声がワーンと響いて、佐知子は笑った……。

ザッと入るだけで湯から上ると、新しい浴衣に着替えて、廊下へ出る。

玄関の方へ出て行くと、

「あら……」

出発しようと靴をはいているのは、中河千津だった。「おはようございます」

千津は一瞬ハッとした様子だったが、

「ああ、女将さんね」

「お発ちですか」

「ええ。急用ができて。支払いはゆうべの内にすませたわ」

「そうですか。存じませんで」

「いいの。それじゃどうも」

千津がせかせかと出て行く。

「ありがとうございました」

と、玄関を出て見送ると、佐知子は中へ戻ったが——。

そこに立っていたのは、大杉だった。

「まあ！　大杉さん！」

佐知子は目を丸くして、「もうお着きだったんですか！」

「うん。昨夜ね」

「私ったら、何も知らなくて。申し訳ありません！」

「いや、いいんだ」

と、大杉は首を振って、「今、発って行ったのは——」

「あ、中河さんですか。以前、大杉さんの会社におられたとか……」

「やはりそうか」

大杉は無表情に肯くと、「吉川も知っていたんだね？」

「はあ、それは……」

「もちろんそうだな。吉川が言わなければ、中河が私の会社にいたことなど、君が知っているわけがない」

「大杉さん……。中河さんが何か？」

と、佐知子は言ったが、

「いや、何でもない。もう昔のことだ」

と、大杉は言って、「そういえば、君は見違えるように美しくなったね」

「大杉さん……。突然そんなことおっしゃって」

「いや、本当だよ。肌にもつやがあり、何より真直ぐに背筋が伸びて、大きくなった」

「それは、今温泉に浸っていたせいです」

「それだけではないだろう。このホテルを立派に引き継いでいること。それと――ゆうべとても幸せなことがあったせいかな」

佐知子は真赤になって、

「どうしてそんなこと……」

と、うつむいた。

「佐々本という三人姉妹が教えてくれたよ。ゆうべは君の邪魔をしないでくれ、と私に言った。いいお客だ。君も、恵まれた女将だ」

「はい、本当に」

と、佐知子は一礼して、「ご入浴ですか?」

「うん。年寄りは朝が早い。朝食前に一度入っておきたくてね」

と、大杉は言った。「ところで、ずいぶん色んな事件があったようだね」

「そうなんです」

「聞かせてくれるかな。知っておきたい」

「もちろんです。――ハクション!」

「風邪をひいてはいけない。後にしよう」

と、大杉は言った。

「はい、ちゃんとご説明しますわ」

「よろしく」

大杉はやっと微笑んで、「佐知子君」

「はい」

「私を信じてくれるかな」

「もちろんです」

「では、理由を訊かずに、頼みを聞いてくれ」

佐知子はちょっと面食らったが、

「――分りました」

と言った。「何でも、おっしゃって下さい」

18　暗黒

「やあ」

吉川が、静かなカフェに入ると、奥のテーブルの中河千津を見付けて、手を上げた。

「――ハラハラしたわ」

と、千津は言った。「ゆうべ大杉さんが着いてるって、突然言われても……」

「こっちだってびっくりさ」

吉川はコーヒーを頼んで、「でも、何とか見付からずにすんだろ？」

「大杉さんは何か言ってなかった？」

「特に何も」

「だったらいいけど……。朝、ホテルを出るとき、あの佐知子って子に会っちゃったのよね」

「そうか。まあ、大丈夫さ」

「大杉さん、いつ発つの?」

「いや、それが……」

と、吉川はコーヒーをゆっくり飲んで、「何だかいやにのんびりしてるんだ。明日の〈紅葉の日〉にも行くと言ってる」

「そう」

と千津は肯いた。

「どうする? 僕は会長について行かないと……。でも、この美術館の方は——」

「こっちは任せて」

「でも……」

「あなたにはあなたの役割があるの」

「何だい、それは?」

「〈紅葉の日〉の場所を下見したんでしょ?」

「うん、今朝から行って来た。かなり険しい山奥だよ。もちろん、マイクロバスで上れる所まで行って、後は歩きだがね」

「よく見て来た？」

「ああ。——ケータイに写真が」

吉川はケータイのデータに入っている写真を出して見せた。

千津はそれを一枚ずつ見ていたが、

「うってつけだわ」

と言った。

「何が？」

「事故が起ってもおかしくないってこと」

「事故？　何の話だい？」

「一つは、大杉さん」

「会長？　会長がどうしたんだ？」

「いくら元気でも、お年齢《とし》だわ。崖っぷちの道を歩いていて、ちょっと石につまずいただけでも、崖から落ちることがあるわ」

「会長が？　それはないだろ。あの元気だ」

「だからこそよ。——あなたが、『特にここからの眺めはすばらしいですよ』って声をかければ、見に来るでしょ。少々危ない所でもね。あなたはただ、大杉さんの背中をちょっと押すだけ」

吉川が唖然として、

「ちょっと待てよ。会長を突き落とす?」

「もう充分長生きしたわ」

「そういう問題じゃないだろう」

「あの人に生きていられるとね、私、ずっと喉《のど》の奥に小骨が刺さってるみたいなの。この機会に、小骨を抜いてしまいたい」

「だけど——」

「今さら、いやとは言わせないわよ」

と、千津は冷ややかな目で吉川を見て、「一億円が、何もしないで手に入ると思ってるの?」

「それは分るけど……」

と、吉川は口ごもった。

「それと、もう一つ」

「まだあるのかい?」

「〈紅葉の日〉のマイクロバスを、崖から転落させて」

「何だって？」

吉川が仰天した。「そんな……」

「乗客ごとでなくてもいい。でも、運転手くらいは乗ってるでしょうね」

「人が死ぬぞ」

「声を小さく！　——分ってるわ、そんなこと」

「どうしてそんなことを……」

「バスが崖から落ちたら、大騒ぎになるわ。あの町には、救助に行くほどの人手がない。当然、このK市に救助要請が来て、みんな駆けつけるでしょう。その間に、私は美術館の品をいただく」

「千津……。君は恐ろしい人だな」

吉川は青ざめていた。「ごめんだ。ただ盗むのならともかく、人殺しなんて」

吉川が立ち上ろうとすると、

「今、出て行くのはやめた方がいいわよ」

「——どういう意味だ」

「表に、今度の仕事の仲間が待ってる。私が一緒に出て行けば大丈夫だけど、あなたが一人で出て行ったら殺せと言ってあるわ」

「そんな……。でたらめだ」

「そう思うなら出て行って。あなたなしでもやれるわ」

吉川はしばらく迷っていたが、結局座ったまま動かなかった。

「それでいいのよ」

と、千津は微笑んだ。「人はどこかで思い切らないとね」

「本当にやるのか」

「もう人手は用意した。今さら後には引けないわ」

「——分った。それなら、僕も覚悟を決めるよ」

吉川はそう言って、「詳しいことを聞かせてくれ」

三十分ほど話をしてから、二人は店を出た。

千津が、道の向いに立っていた背広姿の男に、ちょっと肯いて見せた。男は足早に姿を消した。

「——本当だったんだな」

と、吉川は言った。

「私、仕事に関しては嘘はつかないわ」

と、千津は言った。「じゃ、明日ね。予定通りなら連絡しないわ。いいわね」

「分った」

「それじゃ」

二人は別れて左右に歩き出した。


〈ホテル犬丸〉に、のんびりと入って来たのは、犬丸宗和だった。

ちょうど佐知子がロビーを通りかかって、

「お帰りなさい」

と言った。「どちらへお出かけで？」

「ちょっとその辺さ」

と、宗和は肩をすくめた。

「お昼は召し上りました？」

「いや……。大して旨い所もないし」

「簡単なものなら、ラウンジでお出ししますよ」

「ああ、それじゃ、何か食べるか」

「永田さん。用意してさし上げて」

と、佐知子が声をかけた。

宗和は、忙しそうに行ってしまう佐知子を見送って、

「よく働く奴だな。昔からだったけど」

と言って、歩きかけ、「――あ」

大杉がちょうどやって来るのと出くわしたのである。

「おや、君か」

と、大杉は宗和を目にとめて、「ここで働いてるのかね」

「客ですよ、一応」

と、宗和は言い返した。

「そうか」

大杉は微笑んで、「それでは大事にしないとな」

「あなたの秘書の方のおかげで泊ってられるんです」

「吉川の？　そうか。では請求書を後で送るように言っとこう」

「お好きなように」

と、宗和は苦々しげに言って、早々に大杉から逃げ出した……。

夕食時、〈ホテル犬丸〉は目の回るような忙しさだった。〈紅葉の日〉についての情報がネットで流れて、〈ホテル犬丸〉はたちまち満室になってしまったのだ。

「たった一日でね。大したものね」

と、佐知子は新しい客を迎えて、一息ついてから言った。

「全くですね」

と、永田も感心したように、「時代は変ったんですな」

「でも、変らないこともあるわ。失望されたら、もう二度と泊って下さらない」

佐知子はそう言ってから、「調理場は大丈夫？　間に合ってるかしら」

「ええ。臨時に町の奥さんたちを何人か頼みましたからね」

「そう。あんまりお待たせしては、特にお子様を連れてらっしゃる方は、遅くなるとお子様が眠くなるから……」

「大丈夫です。ご心配なく」

佐知子が玄関からロビーへ入ると、

「佐知子さん、お電話が」

と、声がかかった。

「はい！　どなたから？」

「さあ……。女の方です」

「出るわ。——もしもし」

と、受話器を取って、「お待たせいたしました」

すると、少し間があって、

「——佐知子？」

と、ボソッとした声。

「まあ……。犬丸さん」

犬丸和代だったのである。「ご無事なんですか？　みんな捜しています。今、どちらに？」

「ここ……。山の中なの」

「山の中？」

「どの辺かよく分らないけど……。何だか、今朝は車の音や人の声が少し聞こえてた」

「それって、明日の〈紅葉の日〉の下見に行った私たちかもしれません」

「そうだったのね。明日、また来るの？」

「そうです」

「そしたら、二人きりで会いたいの。いいでしょ？」

「え……。でも……」

「お願いよ。佐知子ちゃん、あなた以外、頼れる人がいないの」

そう言われると、佐知子も、育ててもらった恩がある。

「――分りました。どうすれば？」

佐知子は、和代の話を聞いて、「じゃあ、明日……」

「お願いね！　頼むわよ」

「もしもし。あの――」

切れてしまった。

佐知子は受話器を置いて、それから人の気配に振り向いた。

「佐々本さん……」

綾子が立っていたのである。

「今の電話、犬丸和代さんですね」

と、綾子は言った。

「あの……色々事情もあって……」

と、佐知子が口ごもると、

「佐知子さん。今、あなたにはこのホテルの未来がかかってるんですよ」

と、綾子は言った。「自分の気持だけで、すべてを決めてしまってはいけません」

「佐々本さん……」

「私たちがあなたを守ります」

綾子の言葉に、佐知子は絶句した。

「恩知らずになりたくない、という佐知子さんの気持はよく分ります」

と、夕里子は話を聞いて言った。

「もちろん、私もこのホテルのために、精一杯働いて来ました」

と、佐知子は言った。「でも、どんなにこき使われても、育ててくれたこととは別です」

「分ります」

と、夕里子は肯いた。「でも、その電話はおかしくなかったですか?」

「え?」

「犬丸和代さんは、『山の中』にいると言ったんですね?」

「ええ……」

「電話をかけられたということは、どこかに閉じこめられているわけではないということでしょう。この町や、山の中にも詳しい和代さんが、なぜ逃げ出せないんでしょう」

「はあ……」

「その電話、誰かにかけさせられているんだと思いますよ」

「でも——誰に？」

「分りませんが、和代さんを連れ去った人物が」

「もしそうなら、和代さんの身も——」

「ええ。用がなくなれば、消されてしまうかもしれない」

「別に困んないけど」

と、珠美が言った。

その言い方が、あまりにアッサリしていて、佐知子はふき出してしまった。

「すみません……。つい……」

「いえ、この子の言うことを真に受けないで下さい」

と、綾子が言った。

「だって、本当でしょ？　誰か困る人、いる？」

「珠美。いくら本当のことでも、言っていいことと悪いことがあるのよ」

「お姉さん、叱ったことにならないわ」

と、夕里子が言った。「ともかく、犬丸和代さんがどう言おうと、一人で会いに行ってはいけません」

「はあ……」

「私たち三人姉妹は、何度も生死の境《さかい》をくぐって来ています。信じて下さい」

と、綾子が言った。

「――分りました」

「綾子姉ちゃん。『生死の境をくぐる』って、言い方、正しい？」

と、珠美が言った。

「うるさいわね。意味分るでしょ！」

「それでですね」

と、夕里子は咳払いした。「〈紅葉の日〉のイベントで、何か危いことがあったら大変でしょう。国友さんと話してみます」

「そこまで考えませんでした」

「それに、少なくとも犬丸和代さんが山の中で待っているとしたら、向うは何か企んでいるかもしれません」

四人が話しているのは、空になった食堂だった。

ちょうど国友がくたびれた様子で入って来る。

「あ、国友さん、いいところへ」

「僕？　待たれてたのかな？」

「刑事としてよ。恋人としてじゃないよ」

「珠美！　余計なこと言わないで」

と、夕里子はにらんだ。

「分ってるよ」

と、国友が笑って、「佐知子さん。何か、お茶漬一杯でもありませんか？　晩飯、食べそこなっちゃってね」

「まあ」

佐知子は微笑んで、「すぐ仕度させます。大丈夫です。お腹が一杯になるぐらいは用意しますわ」

佐知子が立って行くと、

「いや、実は……」

と、国友が口を開いた。「あの徳田勇一君のことだがね」

「何か分った？」

「はっきりしないが、それらしい人間の手配が……。まだ言わない方がいいだろう」

「そうね」

と、夕里子が肯くと、「こっちからも話があるのよ」

「何のことだい？」

「明日の〈紅葉の日〉に何か起りそうなの。警戒してくれる？」

「どういうこと？」

夕里子の話を聞いて、「――じゃ、犬丸和代から電話が？」

「ええ。用心した方が」

「分った」

国友は肯いて、佐知子が戻って来るのを見て、

「やあ、悪いね」

佐知子が、ちゃんと夕食の膳を運んで来たのである。

「やっぱり自分で運ぶって気持いいですね」

と、膳を置いて、「ゆっくり召し上って下さい」

「いただきます！」

空腹は事実だったのだろう、国友は凄い勢いで食べ始めた……。

19　その日が明けて

〈ホテル犬丸〉の朝はいつも通り始まった。

あわただしい朝食の席。――いや、客の方はのんびり食べているのだが、働く方はそうと目立たないように忙しく立ち働いているのだ。

いつもなら、佐知子も朝の膳を運んでいるのだが、今は食堂で食べる方を選ぶ客がほとんどである。

それに、今日は――。

「いよいよ〈紅葉の日〉だわ」

と、佐知子は鏡の中の自分を眺めて言った。

「晴れてるようだ」

と、勇一が言った。「良かったね」

「ええ」

佐知子は微笑んだ。「あなたのおかげだわ」

勇一は面食らって、

「どうして僕のおかげ？」

「何となく、そんな気がするの」

と、佐知子は笑って、勇一にキスした。

「──佐知子」

「勇一君……。〈紅葉の日〉が終ったら、ここを発って」

と、佐知子は言った。「逃げるのよ。私も一緒に行くわ」

「だめだよ！　君にはこのホテルがある」

「ホテルよりあなたの方が大事」

「ありがとう。嬉しいよ」

勇一は佐知子を抱きしめて、「でも、やっぱりいけない。君がどうしてもと言うなら僕は自首して出る」

「そんな……」

「僕を待っててくれるだろ？」

「もちろんよ！　でも——」

「そうなるとは限らないさ。さ、早く行って。女将の仕事が待ってるよ」

「ええ。——朝食は？」

「顔を洗ってから。二十分したら」

「用意しておくわ」

佐知子は出て行きかけて、もう一度素早く勇一にキスしたのだった……。


「おはようございます」

永田が玄関前で佐知子に挨拶した。

「ごめんなさい、寝坊しちゃって」

「大丈夫です。〈紅葉の日〉のバスは手配してありますから」

「ありがとう」

玄関の外へ出ると、朝の冷たい大気に、吐く息が白い。

「今日は晴れますよ」

と、永田が言った。

「そうね。きっと紅葉もきれいだわ」

深呼吸すると、冷たい空気が肺を満たすのが分る。

「〈ホテルM〉のお客様は？」

「もう向うを出るところだと、十五分ほど前に連絡がありました」

「そう！　ぜひ成功させたいわ」

佐知子が青空を見上げていると、

「おはようございます」

夕里子が出て来るところだった。

「早いですね」

「色々考えることがあって、ゆうべ眠れなかったんです」

と、夕里子は欠伸して、「朝食とったら、バスが出るまで少し横になります」

「そうして下さい。ちゃんとお起こししますから」

「よろしく」

夕里子は、永田が用事で中に入って行くと、

「佐知子さん。犬丸和代さんと会うことになったら――」

「はい、分っています。必ず誰かについていてもらいます」

「国友さんが一緒に行きます」

と、夕里子は言った。「うまく和代さんと会えれば、後は国友さんに任せて下さい」

「分りました」

と、佐知子はしっかり肯いた。

「育ててもらった恩と、このことは別ですよ」

「ええ、そうですね」

佐知子は微笑んで、「私もそう思います。ただ、長い間の習慣で、和代さんに何か言われると、つい従ってしまいそうになるんです」

「この場合は、和代さんのためにも、従わない方がいいことなんです」

と、夕里子は言った。

「分ります」

「それと——今日、徳田勇一さんも一緒ですね」

「ええ。勇一君がリーダーシップを取っているので」

「きっと、立派にやってくれますよ」

「私もそう信じてますわ」

と、佐知子は言った。「私も朝食をとります」

美術館の守衛は、表に出て深呼吸した。

「気持のいい朝だな」

と、青空を見上げる。

開館は午前十時なので、まだ大分間がある。

それでも、このところ評判が広がったのと、TVの地方局の取材が入ったので、来館者は増えていた。

昨日は開館の二時間前から並ぶ人がいてびっくりさせられた。

今日も、あの分だと並ぶ人が出て来そうである。

いつも閑散としていることが多いので、こんな風に人が大勢やって来てくれるのは、守衛としても嬉しかった。

表通りまで出て左右を見渡すと――。

「何だ？」

少し離れた所に、大型のトレーラーが二台、停っている。

まあ、入館する人の邪魔になるわけではないからいいが……。

時間があるので、守衛はブラブラと、そのトレーラーの方へ歩いて行った。

作業服の男が数人、缶コーヒーなど飲んでいた。

「やあ、おはよう」

と、声をかける。

「どうも」

と、返事したのは、同じ作業服だが、女だった。

「朝早くから仕事かね」

「早く着いちゃったんで、時間を潰してるんです」

と、女は言った。「あの美術館の？」

「うん」

「ここにいると邪魔ですか？　何なら動かしますけど」

「いや、別に構わんよ」

と、守衛は首を振って、「どこの仕事だね？」

「その先のオフィスで引越しがあって、机や椅子を運ぶものですから」

「そうか。天気が良くてよかったね」

「ええ、本当に。——美術展、評判ですね。ＴＶで見ました」

と、女は言った。

「ああ、嬉しいよ、俺も」

と言って、「それじゃ」

守衛は、美術館の方に戻りかけたが——。

ふと足を止めると、振り返って、

「あんた、この前、美術館に来てなかったかい？」

と言った。

守衛の言葉に、作業服姿の女は一瞬ハッとした。それを見て、

「そうだろ？」

と、守衛が愉快そうに言った。

「ええ」

女は微笑を浮かべて、「よく分ったわね」

「俺は昔、学校の教師をしててね。生徒の顔をよく憶えるんで有名だったんだよ」

と、守衛は得意げに言った。

「そう。大したものね」

と、女は言った。「でも、運が悪かったわね」

「どうして？」

と、守衛がふしぎそうに言った……。

「おはよう」

K市立美術館の館長、水科は、ロビーに入ると、制服姿の女性に声をかけた。

「あ、館長さん。おはようございます！　気が付きませんで」

「いや——。君、清水《しみず》君だったか」

「はい、清水由衣《ゆい》です」

水科は、まだ二十代のその子が、いつも必ず自分から水科へにこやかに挨拶してくれていることを思い出した。もっとも、名前までは知らなかったので、胸に付けた名札を見て呼んだのである。

「どうかしたのか？　落ちつかないね。具合でも悪いのかな」

「いえ、違います！　すみません」

「謝ることはないが……。どうかしたのかね？」

清水由衣は、このK市立美術館の受付をしている。

普段はあまり来館者がないので、受付はチケット窓口も兼ねていた。しかし、今の〈国宝展〉は美術館側もびっくりするほどの人出で、チケット窓口にあわててアルバイトを雇ってしのいでいたのである。

「今日も大勢来そうだよ」

と、水科は言った。「知り合いの県会議員が、支援者の団体を、大型バス五台分よこすからよろしく、と電話して来た」

「そうですか……」

「どうしたんだ？　何か心配ごとがあるんだろ」

「はあ……。あの、室井《むろい》さんの姿が見えないんです」

「誰だって？」

「室井さんです。あの――ここの守衛の」

「守衛……。ああ、ちょっとずんぐりした……」

「ええ、そうです」

と、清水由衣は肯いた。

「見えないって……。休んでるのか？」

「いいえ。室井さんは誰より早く来ているんです。今日も、制服が掛けてありませんでしたから、出て来ています」

「しかし――」

「それなのに、どこにもいないんです。こんなこと、あるわけないので……」

「どこかで居眠りしてるとか？　もう若くないだろ」

「具合でも悪くなったら、必ず連絡して来ます。黙っていなくなるはずがありません」

「なるほど」

「連絡できないほど具合が悪いんだったら、と思って心配で」

「そうか。しかし、客はもう並ぶぞ。室井君を捜し回ってる時間はない」

「あ……。そうですね。分っています」

と、由衣は言った。

「外は結構冷えるよ。あまり人が並ぶようなら、早めにロビーまで入ってもらうといい」

「そうします」

由衣はやっと微笑んで、「すみません」

「いや、ご苦労さん」

水科は、早くも表に列ができているのを、ガラス越しに眺めて、「いい品があれば、人は来てくれるんだな」

と言った……。

「――館長さん。もうロビーへ入ってもらっていいでしょうか」

「ああ、構わんよ」

由衣は正面の扉を開けると、外に並んでいる人たちの方へと歩いて行った。もう二十人ではきかない。

「どうぞ、ロビーへ入って下さい。寒いですから」

と、声をかける。

「やあ、ありがたい」

と、白髪の男性が言った。

「どうぞ中へ」

と、由衣が言った。

「いや、僕の前に一人いるんだ」

と、その男性が言った。「トイレに行くと言って……。ああ、戻って来た」

革ジャンパーの若い男が小走りに戻って来た。

「あら」

と、由衣は目を見開いて、「確か二、三日前にも行列のトップで……」

「ああ、そうだよ。並ぶならトップでないと気がすまないのさ」

「ご苦労さま」

由衣は笑って、「どうぞ中へ」

「入れてくれるの？　やあ、ありがたい」

ロビーへ入っても律儀に全く同じ順で列を作る。

「明日から、整理券を配るようにします」

と、由衣は思い付いて、「いちいち並んでいただくんじゃ……」

「そいつはありがたい」

と、白髪の男性が言った。「早く来て、それをもらっておけば、近くで朝食も食べられる」

「俺は並ぶ方がいいけどな」

と、トップの若者が言った。「何だか、トップになったって感じが出ない」

みんなが笑った。

「――そうだわ」

と、由衣は思い付いて、「ここへみえたとき、ここの守衛を見かけませんでしたか？」

と訊いてみた。

「ああ、あの制服のおっさん。――そういやいないね」

「そうなんです。どこに行ったのか、見当らなくて心配してるんです」

「さて、私が来たときは、誰もいなかったが……」

と、白髪の男が言うと、居合せた面々も肯き合った。

「そうですか。どうも……」

由衣は気を取り直して、「じゃ、チケットの発売まで少しお待ち下さいね」

と言うと、窓口の中へと入って行った。

お金を扱うのだから、一応気をつかう。

窓口に座って、準備していると、

「――ねえ」

と、あのトップの若者がいつの間にかそばに来ている。

「もう少しお待ち下さいね」

「いや、チケットのことじゃないんだ」

それもそうだ。何度もここへ来ているのだから。

「それじゃ……」

「これ、見たことある?」

若者はポケットから、細い鎖《くさり》にぶら下ったサンタクロースの人形を取り出した。

由衣は目をみはって、

「それ——あの守衛の室井さんのキーホルダーです!」

と言った。「それ、どこで?」

「うん。今朝はまた少し早く来過ぎてさ」

と、若者は言った。「誰も来そうにないし、腹空いてたんで、ほら、向うの角曲るとコンビニあるだろ」

「ええ」

「そこへ行って何か食うもん買おうと思ったんだ。朝だから、あんまり置いてなかったけど、焼そばをあっためてもらって、表に出て食べた。器を捨てようと中に戻ったら、作業服の男がパンをいくつか買ってたんだ。で、払って出てくとき、これを落としてった」

「でも——鎖が切れてる」

「うん。小銭入れを出して払ってから、ポケットに戻すときに切れて落ちたんだろう。拾ったけど、そいつ、さっさと行っちまったんで、声かける間もなくて」

「そうですか……」

由衣は、その少し汚れてくたびれたサンタの人形を手に取った。

間違いない。これは室井の持っていたものだ。もうずいぶん長く持っているので、この汚れ具合も憶えている。

「その作業服の人って、どこの人だか分ります？」

と、由衣は訊いた。

「今朝、ここへ来たとき、この少し先に、大きなトレーラーが二台停ってたんだ。そこにいた何人か、同じ作業服だったよ」

「トレーラー？」

「うん。もう今はいないけどね」

由衣は少し考えていたが、パッと立ち上ると、窓口の中からロビーへ出て来て、

「すみません。そのトレーラーって、どの辺に停ってたか、教えて下さい」

と、若者へ言った。

20　紅葉の山へ

「便乗させてもらって、すまないわね」

と、〈ホテルM〉の江藤良子が言った。

「いいえ。にぎやかになった方がこちらも嬉しいですし」

と、佐知子は言った。「じゃ、そろそろ……」

徳田勇一が、ビデオカメラを手に、ロビーへやって来た。

「勇一君、出かける？」

「今、永田さんに館内放送してもらうように頼んだよ」

と、勇一は言った。「〈ホテルM〉のお客様、トイレに行かれるなら——」

「ああ、そうね」

と、江藤良子が、ロビーにいた客たちへ呼びかけると、

「私、行ってくるわ」

「私も」

と、次々に立ち上る。

「すみません！　あまり広くないので、三人ずつで行って下さい」

と、佐知子があわてて言った。

館内放送が流れると、〈ホテル犬丸〉の客の参加者たちがやって来る。

「大杉様」

と、佐知子が迎える。「お寒くありませんか、その服装で」

「なあに、大丈夫」

と、大杉はニヤッと笑って、「ももひきを二枚はいとるんだ」

「会長」

と、吉川が小走りにやって来る。

「遅いぞ。秘書はいつでも先に来ているものだ」

「申し訳ありません」

勇一は、トイレから戻った客たちに、

「では、順番にバスの方へ。じきに出発します」

と呼びかけた。

てきぱきとした様子は別人のようだった。それを見て、佐知子は嬉しかった。

この先、勇一がどうなるか分らない。でも、勇一自身の気持を大事にしよう、と思った。

「――お待たせしました」

と、佐々本綾子がやって来る。

むろん、夕里子、珠美も一緒だ。

「今日はよろしく」

と、佐知子は三人へ頭を下げた。

「こちらこそ」

むろん、佐知子は紅葉見物のことだけを言っているわけではない。夕里子にも、それはよく分っていた。

「さあ、どうぞバスの方へ」

と、勇一が夕里子たちに言った。

「いい感じよ」

と、珠美が言うと、勇一が照れて、

「どうも」

と、頬を染めた。

夕里子は、少し複雑な気持だ。いずれ、国友が勇一に手錠をかけることになるかもしれないのだ。

そこへ国友もやって来た。

「やあ、刑事さんだね」

と、大杉が言った。

「たまには仕事を忘れて、と思いましてね」

と、国友は言った。

「いいことだ。人間、美しいものを見なくなると、心が乾燥して殺伐とする」

と、大杉は言った。「さあ、乗るぞ」

と、吉川を促す。

さらに次々に客が乗り込み、バスは一杯になってしまった。

「じゃ、これで全員ね」

と、佐知子がリストを見て、「永田さん、留守をよろしくね」

「はい。——私もご一緒しますか?」

「いいえ、他のお客様も大切よ。それに、もう席がないわ」

と、佐知子は笑った。

佐知子はバスに乗り込んで、

「お待たせしました」

と、乗客に声をかけた。「出発します。——じゃ、よろしく」

ドライバーへ肯いて見せる。

〈ホテル犬丸〉のバスが出ると、〈ホテルM〉のバスがそれについて来る。

「君、座って」

と、勇一が一番前の席から立ち上って、佐知子に言った。

「いえ、私は——」

「ここは僕の言う通りに」

勇一の言葉に、佐知子は素直に、

「はい」

と答えて、席に座った。

「では、これから〈紅葉の日〉のツアーが始まります」

と、勇一はマイクを持って言った。「皆様にとって、忘れられない一日になること
と信じています」

勇一の言葉は力強かった。

「別人のようだわ」

と、席で夕里子が言うと、隣の国友が、

「うん。何だか——覚悟を決めてる、っていう風だな」

と言った。

夕里子が国友を見て、

「国友さんもそう思った？」

と言った。

——朝の光がバスの車体にきらめいて、二台のバスは山への道を辿って行った。


「これはみごとなものだ！」

と、大杉が声を上げた。

「会長が、こんなに手放しで感激されるのは本当に珍しいことです」

と、吉川が言った。

バスは徐々に山道を上って行く。

途中、紅葉の美しい場所に何度かバスを停めて、じっくりと見物した。

そして今、二台のバスは、一番の見所となる谷を巡る道を上って行く。

「すばらしい！」

「きれいだわ！」

といった声が、他の客からも聞こえた。

「成功ですね」

と、夕里子は佐知子へ言った。

「ええ。——嬉しいわ。それに、勇一君がこんなに力強く……」

佐知子は目を少し潤ませていた。

「ここまでだ」

と、勇一がドライバーに言った。

そして、乗客に向って、

「道がこの先は狭いので、ここから歩きになります」

と説明した。「バスはここでUターンして、お待ちしています」

バスが停ると、勇一よりも佐知子が先に降りて、

「皆さん、どうぞお降りになって下さい」

と、声をかけた。

綾子たち三人姉妹が次々に降りる。

「わあ！　空気が冷たい！」

珠美が両手を空の方へ上げて、「山へ来た、って感じ」

と言った。

「本当ね。爽やかだ」

と、夕里子も青空を見上げた。

「眠気がさめるわ……」

と、綾子は言いつつ、大欠伸をした。

「お姉さん、バスの中で眠ってたの？　せっかく紅葉見に来たのに」

と、夕里子が苦笑いする。

「ちゃんと見てたわよ。夢の中で」

と、綾子は言い返した……。

「大杉さん、足下、お気を付けて」

と、佐知子が、バスを降りて来る大杉の手を取った。

「大丈夫だよ。しかし、君の手を握るチャンスはのがせない」

と、大杉は微笑んだ。

「会長、ご一緒に」

と、吉川が降りて来て言った。

「うむ。——お前も、紅葉の良さを分るようにならんとな」

もう一台の〈ホテルM〉のバスからも客が次々に降りて来て、大分幅の狭くなった山道は、人で一杯になった。

「ゆっくりお進み下さい」

と、勇一が声をかけている。「紅葉のすばらしさを見ていただきながら、同時に足下にご注意下さい！」

「勇一さん」

と、佐知子が言った。「道の崖側の方に、私たち、ホテルの者が立つようにしましょう。見物の邪魔にならないようにしながら」

確かに、眺めはすばらしいのだが、見とれて道を踏み外すと、数十メートルの断崖を落ちることになって、命はない。

「いつもはここまで人が来ないので、ガードレールもないんです」

と、佐知子は言った。「今後、設置してもらわないと……」

「みんな大人だ。大丈夫だよ」

と、大杉が言った。「さあ、ゆっくり見物しよう」

「会長、お気を付けて」

吉川が大杉のすぐ後ろについて歩いて行った。

「さ、私たちも行こうよ」

と、珠美が言った。「——綾子姉ちゃん、立ったまま寝てる？」

「失礼ね」

と、綾子がむくれて、「ちゃんと起きてるわよ」

「ボーッとしてるのはいつものことでしょ」

と、夕里子が笑って、「お姉さん、崖から落ちないでね」

「何だか変だわ……」

「え？　気分でも悪い？」

「私じゃなくて」

「じゃ、何が変なの？」

「今通ってった……。あの秘書の人」

「吉川さんのこと？」

「うん。普通じゃなかった」

「そう？　気が付かなかったけど」

「目つきがおかしかった。あれって、何か思い詰めてる目だわ」

「目が？」

「うん。そう見えた」

気のせいよ、と言いたかったが、夕里子もそういう姉の直感は馬鹿にできないと分っていた。

吉川は大杉のすぐ後ろを歩いている。

「――どうしたんだい？」

国友がそばへ来て訊いた。

「国友さん、私と一緒に来て」

と、夕里子は言った。

「ああ、もちろん」

「あの吉川って人に気を付けて」

「夕里子君、何かあるっていうのか？」

「分んないけど……。もちろん、何もなけりゃいいんだけどね」

夕里子は国友と腕を組んで歩き出した。

佐知子がケータイを手にして、時々チラリと見ている。

しかし、大勢の見物客の中に紛《まぎ》れて、佐知子の姿は夕里子からずっと見えてはいなかった……。


「まあ、山一面が紅葉して」

「本当！　すばらしいわね」

客たちの声が耳に入ってくると、佐知子はホッと胸をなで下ろした。やはり、やってみて良かった！

勇一も張り切って、客たちに、

「向うに見える山は……」

と、説明している。

そうだわ。勇一さんも、これできっと立ち直る……。

そのとき、佐知子の手の中で、ケータイが震えた。マナーモードにしてあったのだ。

「——もしもし」

少し人々から離れて、佐知子は出た。

「佐知子ちゃん？」

「和代さん……。どこからですか？」

「お願い！　誰にも気付かれないようにしてね」

と、犬丸和代は言った。

「あの——」

「私、あなたを見てるわ、今」

「え？」

佐知子は足を止めると、周囲を見回した。しかし、人が多くて、分らない。

「どこですか？」

「バスの方へ戻って来て」

「え？　バスの方？」

「そう。来れば分るわ」

通話は切れた。佐知子は迷った。

夕里子から言われていることを忘れたわけではない。しかし、夕里子たちの姿も、今は見えなかった。

バスの方……。

佐知子は一人、さっきバスを降りた所へと戻って行った。


時間がたつにつれ、吉川は喉がカラカラに渇いて来た。

大杉はのんびりと紅葉を眺めて歩いている。——むろん、吉川は忘れていない。

あの中河千津の命令を。

大杉を崖から突き落とす。そんなことができるだろうか？

しかし、今さら「できない」とは言えないのだ。やらなければ、自分が千津の手下に殺されてしまうだろう。

「——吉川」

と、前を行く大杉が言った。

「はい」

「よく見ておけよ」

「はあ……」

「人間は、美しいものを見ることで元気が出るんだ。絵でも彫刻でも、何でもいい。

こういう風景でもな」

「はい」

「お前も忙しい。もちろんそうさせているのは私だが、どんなに忙しいときでも、美しいものに触れる余裕を失ってはいかん」

「はあ……」

「こうして紅葉を眺めていると、自分自身、少し忙し過ぎたかなと思うよ」

「さようで……」

「いい機会だ。——お前もよく見ておけ」

「はあ」

それどころじゃないんだ！

吉川は目の前の大杉の背中を見ながら、ハンカチを取り出して汗を拭いた。いや、本当は寒いほどで、汗などかいていないのだが、つい拭いてしまうのである。

「少し先へ行ってみよう」

大杉は、他の客たちの間を抜けて、人のいない方へと足を向けた。——チャンスだ。

「ほう、これはみごとだ」

大杉は道の端の方へと足を進めた。そして吉川の方を振り返った。

「足下に用心しろよ」

大杉にそう言われて、吉川はギクリとした。気付かれているのか？

しかし、大杉はすぐまた吉川へ背中を向けて、

「ああ……。いい空気。いい眺めだ。心が洗われるな」

と言った。

今だ！　誰もこっちを見ていない。今なら簡単だ。

そうだ。――誰にも分るものか。そして、誰も知らなければ、そんなことはなかったのと同じだ……。

無理な理屈で自分を納得させて、吉川は一歩前へと踏み出した。


「今日も大入りだな」

美術館館長の水科は、チケット売場にできている長い列を見て思った。

館長になって、こんなに客が入ったのは初めてのことである。入りが少なくても、

「意義ある催し物を開いている」

と主張して来たが、こうして大勢が見に来てくれるのはやはり嬉しい。

「お待たせしました。――どうぞ」

館長自ら、入口に立って挨拶する。

すると――水科のケータイが鳴り出した。

「何だ……」

舌打ちして、水科はポケットからケータイを取り出すと、ロビーの奥の方へと移動しながら、

「はい、もしもし？」

ロビーには、色々注意事項のアナウンスが流れて、やかましい。

「もしもし？――どなた？」

水科は正面玄関から表に出た。

「館長さんだね」

と、若い男の声が言った。「大切な国宝を守りたいだろう？」

「何だって？」

「国宝を破壊されたくなかったら、三億円、用意しろ」

「何を言ってるんだ？　いたずらに付合ってる暇はない」

「いたずらかな？」

と、笑いを含んだ声で、「右手のオブジェを見ろ」

「え？」

「芝生にわけの分らねえもんが立ってるだろ。それをよく見てろ」

大理石とスチールでできた抽象的なオブジェへ水科は目をやった。

次の瞬間、オブジェが爆発した。大きな爆発ではなかったが、本体はバラバラになって飛び散った。

「――分ったかい？」

「しかし……」

「館内にも、爆弾が仕掛けてある。爆発すりゃ、国宝の数々が粉々になる。分るか？」

「だが……」

「警察へ知らせたりしたら、容赦《ようしゃ》なく爆破するぞ」

「待ってくれ！」

水科は混乱していた。「急にそんなことを言われても……」

「急なのは当り前だろ」

「それもそうだ」

感心してる場合じゃない！

「急いで金を用意しろ」

「しかし——三億円なんて金、すぐにはとても……」

「今、午前十時だ、十二時まで待ってやる」

「たった二時間で？」

「いやなら国宝が粉々だぜ」

「分った！　それはやめてくれ」

「よし。また三十分したら連絡する。——いいか、客にも気付かれるなよ。客を出したりすれば、爆破するぞ」

「分った。——分ったよ」

切れた。——水科はポカンとして、手の中のケータイを見ていた。

今のは現実だったのか？　夢じゃなかったのか。

しかし——芝生の中のオブジェは、確かに壊れてしまっていた。

「三億円？　——どうしよう！」

と、思わず口走ると、

「館長さん」

と、女性の声がした。

「え？」

びっくりして振り向くと、スーツ姿の女性が立っていた。

「君……」

「私、〈K日報〉の記者です。この間、インタビューさせていただきました」

「あ、そうだったか……」

「その節はお世話になりました」

「いや、こっちこそ」

美術展のPRのために、あちこちに記事を書いてもらいたいから、インタビューは数え切れないほど受ける。いちいち記者の顔を憶えてはいられない。

「今の爆発、何ですか？」

と、その女性は訊いた。「びっくりして出て来たんですが、『三億円』とかおっしゃっているのが聞こえて」

「いや、それが……」

「もしかして、脅迫ですか？　そうなんですね？」

いかにもしっかりした記者らしい。

水科は、今の電話のことをしゃべってしまった。

「――二時間で三億円ですか」

「ああ、とてもそんなこと不可能だろ?」

「はったりかもしれませんね。あの屋外のオブジェに爆弾仕掛けるだけなら簡単ですもの」

「うん、なるほど」

「でも、万が一、ってことがありますよ。――国宝が破壊されたら、館長も大変でしょ」

「それは何としても……」

女性記者は少し考え込んでいたが、

「考えがあります。ともかく中へ」

と、水科の腕を取って、美術館の中へ入って行った。

女性記者は、美術館のロビーに入ると、

「館長さん」

と言った。「ここ、裏手はどうなってますか?」

「裏手?」

「ええ。展示品を運び込むのは？」

「それは表側だ。建物の端の方に搬入口があって……」

「じゃ、裏口はないんですか？」

「いや、あることはある。ただ、裏にスペースがあまりないんで、展示品の出し入れには向かないということで……」

「いいですか」

と、女性記者は言った。「犯人は、おそらく、美術館を見張っています」

「うん……」

「でも、裏手にスペースがないということは、裏口は見張っていない可能性が高いですよね」

「なるほど」

「裏口へ案内して下さい」

「分った」

水科は、すっかりこの女性記者のペースに巻き込まれていた。

関係者通路を通って、美術館の裏口へ出ると、

「――ここだ」

と、両開きの扉を開ける。

「確かに、道幅がないですね」

と、女性記者は肯いて、「でも、こっち側は犯人たちも見張っていないですよ」

「それはそうかもしれんが……」

「ここから、国宝を運び出したらいかがですか？」

「運び出す？」

「そうです。万一、犯人たちが本当に館内に爆弾を仕掛けていたとしたら、どうします？」

「それは……。警察にはそういう専門家が――」

「でも、たった二時間しかないんですよ。しかも、正面にパトカーが押し寄せたりしたらすぐ犯人に分ってしまうでしょう」

「それもそうだな」

「それとも、二時間で三億円、用意できますか？」

「いや……それはとても不可能だ」

「では、一旦、特に貴重な品だけでも館内から運び出して、万一の場合に備えるのが一番でしょう」

「確かに」

と、水科は肯いた。「しかし、お客が大勢いる……」

「止むを得ません。展示品を運び出す間は、お客を外へ出さないようにしないと、犯人に知れてしまいます。『特別な事情により』と説明して、了解していただくしか……」

「そうだな。よし、その館内放送は私がやろう」

「館長さん、さすがですね！　決断が早いです」

と、女性記者は持ち上げて、「運び出す人手はありますか？」

そう言われて、水科は、

「そうか！　職員だけではとても無理だ」

と、首を振った。「仏像などは重いし、万一傷でもつけては……」

「困りましたね」

と、女性記者は考え込んだが、「――待って下さい。私、さっきこのすぐ近くで、引越しのトレーラーを見ました」

「引越しの？」

「もしかしたら、近くにいるかもしれません。私、あの引越し会社を取材したことがあるので」

と、ケータイを取り出して、かけた。「――もしもし。〈K日報〉の高橋《たかはし》です。どうも、その節はお世話になりました。あの、今、K市立美術館の近くで、お宅のスタッフが仕事してらっしゃいますか？」

水科の方を向いて、

「今、調べてくれています。――あ、もしもし？　――そうですか！　美術館が今、緊急事態なんです。展示品を避難させなくてはいけないので。手を借りたいんです」

少し待って、「――ありがとう！　美術館の裏口へ、トレーラーをよこして下さい。至急です」

女性記者は通話を切って、

「今、トレーラーがここへ来ます」

と言った。「引越し屋さんですから、重い物を運び出すのも慣れています」

「確かに」

しかし、水科もここまで来ると、少し不安になって来た。「だが……今すぐというのは……」

「え？」

「つまりその――この美術館の運営については、市の方や文化庁などと協議して決めているし、特に今回の国宝展は、色々大変で……」

「それってどういう意味ですか？」

「つまり……私一人が決めるというのは……。国宝の展示品を運び出すというのは、やはり重大な決定だから、協議の上で……」

「そんな……。お役所仕事ですよ！　誰もが責任を取ろうとしないで、あちこちで押し付け合うに決っています！　それで時間を取って、手遅れになってもいいんですか？」

「いや……もちろん、君の言うことはよく分るが……」

そこへ、道の先の角を曲って、トレーラーがやって来るのが見えた。

「トレーラーが来ました。どうするんですか？」

と、女性記者が言った。

「少し待ってもらえんかな。ともかく、上の許可を取らないと……」

「私、無理を言って、引越しの仕事を放り出して来てもらったんですよ」

「それは分っとるが……」

「分りました」

と、女性記者は肩をすくめて、「じゃ、トレーラーには戻ってもらいましょう。――私が出しゃばったことを言ったんですね。申し訳ありません」

「いや、君、そういうことじゃ……」

「国宝が万一、本当に爆破されたときは、館長さんが責任を取って下さいね」

水科は「責任」という言葉に、敏感に反応した。

「いや、分った！　君の言うのはもっともだ！」

「それじゃ――」

「すぐ職員たちに言って、仏像たちを運び出させよう」

「それこそ、責任ある立場の方の言葉です！」

トレーラーが裏口で停った。

「ご用ですか？」

と、ドライバーが訊く。

「ええ。大切な物を運び出すの。手伝って下さる？」

「そのために来たんですよ」

トレーラーは二台になった。

「館長さん」

「うん。——すぐ、館内放送する」

水科は急いで中へ入って行く。

それを見送った女性記者——むろん、中河千津である。

「いいわね」

と、作業服姿の男たちへ言った。

「任せといてくれ」

トレーラーから次々に男たちが降りて来た。


「はい、ピース、ピース！」

あちこちで紅葉の山をバックに記念撮影をしている。

「国友さん」

夕里子は、一旦見失ってしまった国友を見付けて呼んだ。

「あ、そこにいたのか」

国友は周囲を見回して、「吉川と大杉さんはどこへ行ったんだろう？　見てたつもりだったけど、いつの間にか人に紛れちまって……」

「そう。私も、佐知子さんの姿が見えないんで心配なの」

てどこかへ……」

と、夕里子は言った。「ちゃんと言ってはあるけど、もしかして犬丸和代に呼ばれ
「夕里子姉ちゃん！」

珠美が人をかき分けてやって来た。「どこに隠れてたの？」

「隠れちゃいないわよ」

「あ、国友さんと逢《あい》びきしてたの？　お邪魔だった？」

「そんな呑気なことしてる場合じゃないでしょ！」

と、夕里子はにらんで、「お姉さん、見なかった？」

「今、そこで記念写真、撮ってた」

「呼んで来て！」

しかし、呼ぶまでもなく、綾子の方からやって来た。

「夕里子、写真撮った？　四人で撮ろうよ」

「お姉さん、今はそれどころじゃ……。吉川と大杉さん、見た？」

「ええと……。二人で先の方へ行ったみたい」

「人目のない所に行ってたら危いわ」

と、夕里子は言った。「国友さん、お姉さんと一緒に行って。私、珠美と二人で佐

知子さんを捜す」

「よし、分った」

夕里子が珠美を引張って行ってしまうと、綾子は、

「いつもせっかちなんだから、夕里子は」

と、おっとりと言った。

「しかし、そのおかげで防げた事件がいくつもあったよ」

と、国友は言って、「さ、大杉さんたちを捜しに行こう」

と促した。

山道は少し細く、急な上りになって、観光客たちの姿もまばらになって来た。

「こんな先まで？」

「うん、もし吉川が何か企んでるとしたら……」

「あの秘書の人ね」

と、綾子は言った。「でも、あの人、度胸なさそうだけど」

「度胸か」

と、国友は苦笑して、「確かに、度胸があれば、そんなに緊張した顔してないだろうな。だけど、だからって何もしないとは限らないよ」

「そうね」

と、綾子は肯いて、「本人に訊いてみましょ」

「え?」

「そこにいるみたい」

綾子は木立の間から見える人影を指さした。

国友は、吉川が大杉の背後に立っているのを見た。大杉は紅葉を眺めて、腕組みして立っている。

吉川は両手を固く握っていたが、手を開くと、そっと大杉の背中へ当てようとした。

危い! ——国友は叫ぼうとしたが——。

「考え直すなら今だぞ」

大杉の、よく通る声が聞こえた。吉川がギクリとするのが分る。

大杉は吉川に背を向けたまま、

「何と引きかえに承知したか知らんが、やめなければ、お前は一生を棒に振る。私を突き落とすことは簡単だ。しかし、お前はこの先ずっと刑務所で過すか、もし逃げられても悪夢にうなされる」

と言った。

吉川が一歩後ずさった。

「会長……」

「中河千津だな、きっと。お前はそういう誘惑に弱い。道を踏み外す前に、もう一度冷静になって考えてみろ」

「会長……」

吉川がうなだれると、その場にがっくりと膝をついた。大杉が振り向いて、

「それでいい。——どうせお前は捕まるところだったぞ。そこに刑事さんがいる」

国友は歩み寄って、

「大杉さん、危いところでしたよ」

「なに、吉川は気の弱い男なんです」

と、大杉は言った。「やれやしなかったさ。そうだろう？」

「会長……。申し訳ありません」

吉川は地面に両手をついて、「怖かったんです。やらないと殺されるので……」

「中河千津がそんなことを言ったのか？」

大杉は国友と顔を見合せた。

「ただごとではありませんね」

と、国友は言った。

「おい、吉川。中河は何を企んでるんだ？」

と、大杉が訊くと、

「とんでもないことを……」

「何だ、それは？」

吉川は汗を拭うと、

「実は……」

と、口を開いた……。

21　銃口の前

「さあ、早く早く！」

と、中河千津は作業服姿の男たちをせっついた。

「君たち、もっとていねいに運んでくれ！」

見ている水科は気が気でない様子だ。それはそうだろう。

国宝の仏像や古代の装飾品などが、次から次へと台車に載せられ、ほとんど走るような勢いで運ばれて行くのだ。

「何を言ってるんですか！」

と、千津は水科を叱りつけるように、「これは時間との競争なんですよ。一分遅れて国宝が爆破されたらどうするんです？」

「それはそうだが……」

館内放送で、「緊急事態が発生」したと告げた水科としては、今さら運び出すのを止めるわけにいかない。

男たちは実に手際良く、展示品を次々に運び出し、トレーラーへと積み込んで行った。

「さすがに引越しのベテランですね。すばらしいわ！」

と、千津が感心すると、水科も、

「確かに……」

と呟くばかりだった。

館内に足止めされた客たちも、呆気に取られて見ているだけだ。

「あと少しですよ」

と、千津は言った。「重要な品はほとんど運び出せます」

「それで……どうするのかね、積み込んでからは」

「館長さん、そんなこと、二の次ですよ！　まず、展示品を安全に運び出すのが第一でしょ」

「それはそうだが……」

「少しでも、この美術館から離れないと。トレーラーで、裏の道から市内へ向いましょう」

「では……私も一緒に行こう」

と、水科が言うと、

「とんでもない！　館長さん、これだけのお客さんをどうするんですか？」

「どうすると言って……」

「次の仕事は、お客さんたちの安全じゃありませんか。もし犯人たちが、館内の様子がおかしいと気付いて、爆弾を爆発させたら？　犠牲者が出たら、館長さんが責任を問われますよ」

「なるほど……。では……」

「お客を無事に避難させるのが、館長さんの次の仕事です！」

「うん。——確かにそうだ。人命は大切だからな」

と、水科は肯いた。

「その後、職員の方たちも」

「そうだな、もちろん」

「館長さんは、一番最後に避難されるんですよね、当然」

「当り前でしょう？　沈みかかった船に船長は最後まで残るものです」

「私が最後？」

「そうだな……」

「たとえそれで命を落としても、世間は館長さんを偉大な人だったと讃《たた》えますわ」

水科は顔を真赤にして、

「うん！　私は英雄として死ぬことになるのだな！」

「そうです！　館長さんにしかできないことですよ」

まくし立てるような千津の言葉に、水科はすっかり呑まれてしまっていた。

「――終りましたよ」

作業服の男が汗を光らせながら、千津の所へやって来て言った。

「良かった！　間に合ったわね」

と、千津は言って、水科の手を固く握り、

「では館長さん。国宝の数々のことは心配しないで任せて下さい」

「よろしく頼む」

「もう二度とお目にかかれないかも……」

と、出てもいない涙を拭って見せて、「では、私はトレーラーに乗って行きます」

長居は無用、と千津は裏口へと駆けて行った。

「――行くわよ」

と、声をかけ、運転席の隣に乗り込んだ。

トレーラーが動き出す。

千津は思わず声を上げて笑った。

二台のトレーラーは、美術館の裏の道を進んで行った。広い通りへ出れば、そのままスピードを上げて市の外へと向うことになっていた。

しかし――突然、急ブレーキをかけて、トレーラーが停った。

「何してるの！　荷物が壊れたら――」

と言いかけて、千津は言葉を切った。

トレーラーの行手をふさいでいるのは、ワゴン車だった。もう少しで正面衝突するところだ。

「早くどかして！」

と、千津は苛々と怒鳴った。

トレーラーを運転している男が、窓から顔を出すと、

「おい！　何してるんだ！　バックして道を空けろ！」

と怒鳴った。

ワゴン車のドアが開いて、降りて来たのは——美術館の制服を着た若い女だった。

「逃がさないわよ！」

と、女は言った。

「何だ、貴様は？」

「守衛の室井さんを殺したわね！」

「何だと？」

「茂みの奥に隠したでしょ。見付けたわよ！」

と、声を震わせて、「何てひどいことするの！」

千津は男の方へ、

「出して。あんな車、押し除けられるでしょ」

と言った。「あんな女、ひき殺したっていいわ。急いで！」

「分った」

と、エンジンをかける。

だが、それより早く、制服の女はワゴン車に乗り込むと車を一気にバックさせた。

そして停めると、今度はトレーラーに向って突っ走らせたのだ。

「危い！」

と、男が叫んだ。

ぶつかる寸前、女がワゴン車から転がり出た。

ワゴン車はトレーラーに正面からぶつかった。フロントガラスが砕ける。

「畜生！　やりやがった！」

「出して！　ともかく表の通りへ出るのよ！」

と、千津は叫んだが——。

行手の広い通りを、パトカーがふさいだ。

「後ろもだ」

千津はバックミラーを見た。パトカーが次々にやって来ている。

「こんなこと……。ここまでうまく行ったのに！」

千津は愕然として、警官がトレーラーを取り囲むのを見ているばかりだった……。

バスの所……。

佐知子は、Uターンして、下りの方へ向いて停っている二台のバスの方へやって来た。

ドライバーはいるはずだが……。

「まあ……」

バスのかげで、ドライバーが倒れている。

駆け寄ろうとした佐知子の前に、銃口が現われた。佐知子は息を呑んで、

「あなた……。何をしてるんですか」

と言った。

「見りゃ分るだろ」

と、犬丸宗和が言った。

「和代さんは？」

「お袋はバスの中で、気を失ってるよ」

「何をしようっていうの？　自分のお母さんに……」

「しょうがないよ。お袋はもう役に立たない。金も稼げないし、後はお荷物になるだけさ」

そのとき、バスの中から、

「宗和……」

と、呻くような声がした。

「和代さん！」

佐知子は開いた扉から中を覗いた。

和代はバスの床に座り込んで、ぐったりと座席にもたれていた。手首は手錠で肘《ひじ》かけの金属のパイプにつながれている。

「大丈夫ですか！」

と呼びかけると、和代はトロンとした目を開いて、

「佐知子……、助けて……」

と、もつれる舌で言った。「あの子は……宗和はどこ？」

佐知子は宗和を見て、

「あなたがやったの？　何てひどい……」

「仕方ないさ。生き残らなくちゃならないからな」

「手錠を外してあげて！」

「そうはいかないよ」

と、宗和は笑って、「な、佐知子。一緒に来ないか？　大きな稼ぎがあるんだ。お前のこと、俺は気に入ってたんだぜ」

「馬鹿言わないで。誰が行くもんですか！」

「そうか」

「今、刑事さんが――」

と言いかけた佐知子は、宗和に拳銃の柄で一撃され、バスの乗降口に倒れ込んだ。


「いないわ」

と、夕里子は息をついた。「どこへ行ったのかしら？」

観光客の間を捜したが、佐知子の姿はなかった。

「分った」

と、珠美が言った。

「分ったの？」

「どこかで、勇一さんと逢びきしてる」

「馬鹿！　勇一さんなら、あそこで一生懸命説明してるわよ、お客さん相手に」

と、夕里子は渋い顔になって、「まさか、林の奥へ入ったわけじゃ……」

「どうした？」

と、綾子がやって来た。

「佐知子さん、見付からないの。そっちは？」

「うん、大丈夫」

と、綾子は肯いて、「吉川が大杉さんを崖から突き落とそうとしたけど、結局できなかったの」

夕里子は啞然として、

「ちっとも大丈夫じゃないじゃないの！」

「でも、結局何ともなかったのよ」

「だけど――」

と言いかけて、夕里子はやめた。「吉川は捕まった？」

「国友さんが今連れて来るわ。国友さん、あちこち電話して大変だったの。ここ、電波が入って良かったわね」

「何があったの？」

「美術館でね、爆弾騒ぎが――」

「爆弾？」

「でも、それって計略だったの。国宝を盗もうとして、それで国友さんが……」

「どういうこと？　落ちついて説明して」

「無理だよ」

と、珠美が言った。「綾子姉ちゃんに、分りやすく話せって言っても」

「そうね……。ともかく佐知子さんを見付けないと」

と、夕里子が言うと、綾子は、

「ケータイにかけてみたら？」

と言った。

夕里子は一瞬ポカンとして、

「そうだった！」

と、急いでケータイを取り出す。「もっと早く言ってよ！」

思い付かなかった自分に怒っているのである。

「呼んでるけど――出ないわ」

と、夕里子が言ったとき、

「お姉ちゃん、バスが――」

と、珠美が言った。

「え？」

「バスが動いてる」

夕里子たちは、バスに近い辺りに来ていた。

二台のバスが下りへ向けて、つまり夕里子たちの方へ後ろを見せて停っていたのだが、道幅がないので、前後に並んで停っていた。その先の方の一台――〈ホテル犬丸〉のバスが、道を下ろうとしていたのだ。

「変ね。お客、乗ってないのに」

と、綾子が言った。

「あれに乗ってるんだ！」

夕里子が駆け出した。「国友さんを呼んで！」

国友がやって来ていた。そして、夕里子が駆け出して行くのを見ると、

「おい！　夕里子君！」

と、後を追った。

夕里子が佐知子のケータイへかけたとき、佐知子はバスの乗降口の辺りに倒れていた。頭を殴られて気を失っていたのだが、マナーモードにしたケータイが、ちょうど体の下で震えた。

気が付くと、バスが動き出している。顔を上げると、運転席に、宗和の後ろ姿が見えた。

佐知子は立ち上ると、運転席へ駆けて行き、サイドブレーキを思い切り引いた。

「ワッ！」

バスが突然停って、宗和はフロントガラスに額をぶつけた。「いてて……。何するんだ！」

「逃がさないわよ！」

と、佐知子は叫んだ。「和代さんの手錠を外して！」

「お前――」

そのとき、バスの前に国友が立ちはだかった。

「畜生！」

宗和が、佐知子を突き飛ばすと、「捕まってたまるか！」

ギヤをバックに入れ、アクセルを踏んだ。

バスが勢いよくバックして、もう一台のバスに突き当った。

押された一台は、ズルズルと後退して、崖に向ってカーブすると、そのまま転落して行った。

「危い！　やめて！」

と、佐知子は叫んだ。

宗和はバスを観光客の方へバックさせて突っ込もうとしていた。

悲鳴が上って、客たちが逃げようとするが、道は狭いし、混み合っていて動けない。

「ひき殺してやる！」

宗和が笑った。「俺を追いかけるどころじゃなくなるぜ！」

このままでは、お客さんが死ぬ！　――佐知子は飛び起きると、ハンドルに向って体ごと飛びついた。

「何するんだ！」

佐知子は体重をかけ、力一杯ハンドルを回した。

バスが大きくカーブして、崖の方へと向いた。

「馬鹿！　落ちるぞ！」

「一緒に死んでやる！」

宗和はブレーキを踏んだが――間に合わなかった。

バスは木立をメリメリと裂《さ》くように押し倒して――停った。

しかし、車体は半分近く崖の外へ突き出ていた。床は傾いて、佐知子は座席の手すりにつかまって何とか立ち上った。

「落ちるぞ」

宗和は真青になっていた。

「扉を開けて！」

宗和は扉の開閉ボタンを押した。シュッという音と共に扉が開く。

「俺は逃げる！」

宗和は扉へと駆けて行った。

「宗和！　待って！」

和代は手錠でつながれたまま叫んだ。

「知るか！」

宗和はバスから出ようとして、「ワアッ！」

と、叫び声を上げた。

乗降口の下は——何もなかった。宙へ突き出ているのだ。

「おい！　助けてくれ！」

と、宗和が震える声で呼んだ。

国友たちが駆けて来た。

「――無理だ。ロープも何もない」

と、国友は言った。

「前の方の窓を割って!」

と、夕里子が言った。

「分った」

国友が拳銃を抜くと、バスのフロントガラスを撃った。ガラスが細かく砕け落ちる。

「前の窓から出るんだ!」

と、国友が怒鳴ると、宗和が必死の形相で窓から這い出て来た。

「佐知子さんは!」

「中だ……」

宗和は地面にへたり込んで喘《あえ》いでいる。

「佐知子さん! 早く出て!」

と、夕里子が呼ぶと、佐知子が顔を出した。

「良かった! 早く出ないと――」

「だめなんです! 和代さんが、肘かけのパイプに手錠でつながれてて。鍵を下さい！」

国友が、宗和の上着のポケットを探って鍵を見付けた。

「危いわ」

と、夕里子が言った。「早くしないと落ちる！」

半ば折れかかった二、三本の立木が、今バスが落ちるのを支えているのだった。しかし、少しずつ木は裂けている。

「僕が行きます」

いつの間にか、勇一が立っていた。国友の手からパッと手錠の鍵を取ると、止める間もなく、バスの窓へと飛びついた。

「勇一さん！」

「早く出ろ！　和代さんは僕が」

「でも――」

勇一は、バスの中へ入ると、佐知子の手を握った。

「早く行ってくれ。僕がもし間に合わなかったら――」

「いやよ！」

「いいんだ」

と、勇一は言った。「これでいいんだ」

勇一が佐知子を押し上げるようにして、バスの外へと出した。

「大丈夫か！」

国友が抱き起こすと、佐知子は、

「勇一さんが……」

と、かすれた声で言った。

「勇一さん！　急いで！」

と、夕里子が叫んだとき――。

ザーッと音がして、アッという間にバスが目の前から消えた。

誰もが呆然としていた。――佐知子がうずくまるようにして泣き出した。

「残念だな……」

と、国友が言った。「この高さじゃ……」

綾子が、ちょっと首をかしげて、

「音がしないわ」

と言った。

「お姉さん……」

「いくら高くても、落ちるのに、こんなにかかんないでしょ。ドカンとかジャボンとか、音するでしょ」

夕里子は崖から身をのり出して、下を覗いた。そして、

「国友さん。——バス、すぐ下の出っ張りで止ってる」

と言った。

「助けて！」

と、和代の声が谷に響いた……。

佐知子が崖の方へ駆けて行って、

「勇一さん！　生きてるの？」

と叫んだ。

少し間があって、

「ああ」

と、返事があった。

「良かった！」

「でも——」

「だめよ！　生きてなきゃ。私、ずっとあなたを待ってるから！」

少しして、笑い声がした。

「君にはかなわないよ」

「そうよ。――かないっこないわよ」

佐知子は涙声になっていた。

「よし、急いで助けを呼ぼう」

と、国友が言った。

「夕里子姉ちゃん」

と、珠美が言った。「おかしいよ……」

「何が？」

「あいつ、死んでるよ」

――いつの間にか、宗和が地面に突っ伏していた。

「国友さん！」

「こいつは……撃たれてる」

背中に、弾丸の跡があった。「いつの間に？」

「みんなバスの方を見てたものね」

だが、そのとき、

「私は見ていた」

と、声がした。

「大杉さん」

「客の間に素早く紛れ込んで、向うへ逃げた。しかし、そう先へは行くまい」

「危険だ」

国友は、人々に、「退がって下さい！　殺人犯が向うの林にいます」

と呼びかけた。

「国友さん……」

夕里子は国友の腕をつついた。

「逃げてもむだだと分ったな」

と、大杉が言った。「私はちゃんと顔を見ていた」

木々の間から、少し照れたような顔で現われた男は、

「うまく行かないときは、何もかもだめなものですな」

と言った。「ここにいるみんなを殺すわけにはいかない。――国友さん、お世話をかけます」

市川刑事はニヤリと笑って、拳銃を投げ出した。

エピローグ

「じゃ——国友さんが追いかけてた〈白浜〉って男が……」

「市川刑事だった」

と、国友は言った。「驚いたよ。休暇を取って東京へ出ては『殺し』の仕事をしていたんだ」

夕里子と国友は〈ホテル犬丸〉のロビーで話していた。さすがに今日はもう帰らなくてはならない。

「市川は若いころ役者だった。ああいうパッとしない刑事も、バーに現われて和代のグチを聞いたクールな男も、演じ分けていたんだ」

「じゃ、和代さんのために人殺しを？」

「ふしぎだな。――いつもは金のために殺しているのに、和代の身に同情してしまったらしい」

「前から知っていたのかしら」

「うん。ずっと前にこのホテルの客になって、あの海辺で――勇一君と同じように、死のうと思ったことがあるらしい。それで〈白浜〉って名のったんだ」

「でも――死ぬ代りに人を殺す道を選んだのね」

と、夕里子は言った。

「市川のことを知っているのは、中河千津と宗和だけだった。――国宝を盗み出す計画を立て、中河千津と宗和を使って。しかし、うまくいけば、後で二人とも殺すつもりだったと笑ってたよ」

「良かったわ、お客さんたちが無事で」

と、夕里子は言った。「あ、佐知子さん」

佐知子はスーツ姿で、

「ありがとうございました」

と、二人に深々と頭を下げた。

「徳田勇一君のことは。――」

「はい。罪を償って、戻って来てほしいです。何十年でも待っています」

「そう伝えるよ」

「よろしくお願いします」

佐知子はまたひと回り大人になったように夕里子には見えた。

「あ、大杉様」

ホテルの正面に大きなリムジンが停っていて、大杉が荷物持ちの秘書を従えてロビーへやって来た。

「充分なお構いもいたしませんで」

「いやいや、君がそうして立派な支配人になっているのを見られただけでも、意義のある旅だったよ」

「大杉様のおかげです」

「君には、この仕事にふさわしい器量がある。――また寄らせてもらうよ」

「いつでもお待ちしております」

「今度来るときは、どんなホテルになっているかな」

と、大杉は微笑んで、「では」

と、ホテルを出て行く。

佐知子は表の通りまで出て、リムジンが走り去るのを見送った。

「――さあ、私たちも、もう行かないと」

と、夕里子は立ち上って伸びをした。

綾子と珠美がスーツケースをガラガラ押しながらやって来る。

「あら、運びますのに」

と、佐知子が戻って来て、「お昼はどこかで召し上るんですか？」

「駅弁でも買って。ねえ？」

と、夕里子は言ったが、

「ここで何か食べられる？」

と、珠美が言った。

「お昼に、特製のハヤシライスをこしらえましたの」

と、佐知子はニッコリ笑って、「新メニューなんです。試食していただけます？」

「喜んで！」

珠美は飛び上らんばかり。

「じゃ、どうぞ」

珠美と綾子が、佐知子について行くのを見て、夕里子は、

「あれで商売になるのかしら」

と、心配そうに言った。

国友がちょっと咳払いして、

「僕も、ちょっと試食してみるよ」

と、急いで行ってしまう。

「もう……。待ってよ！」

夕里子は国友を追いかけると、しっかり腕をつかんで言った。「私とハヤシライスと、どっちが大事なの！」


（了）

解説

山前　譲

父親が出張中、なにかというと旅を楽しんできた綾子《あやこ》、夕里子《ゆりこ》、珠美《たまみ》の佐々本《ささもと》三姉妹ですが、今回は、静かな、気持ちのいい入江のそばにある〈ホテル犬丸《いぬまる》〉に泊まって、のんびり温泉に……べつにひがんでいるわけではないのですが、なんともうらやましい限りです。

そんな『三姉妹、さびしい入江の歌　三姉妹探偵団25』ですが、期待通り（？）、温泉だけではすみません。やはり事件が旅のお供となってしまうのです。〈ホテル犬丸〉では経営を巡ってすったもんだの騒ぎがあり、まだ二十一歳の矢澄佐知子《やずみさちこ》が新しい女将《おかみ》となっていました。追い出された前の女将の周囲には、死の影が迫っています。一方、殺しのプロである〈白浜《しらはま》〉を東京から追ってきた国友《くにとも》刑事が、〈ホテル犬丸〉にやってくるではありませんか。やっぱりいつものスリルとサスペンスの旅を堪能、する三姉妹なのでした。
そんな物語で印象的なのは、波が静かに砂浜を撫《な》でては戻って行く入江でしょう。苦しみや哀しみをすべて包み込んでくれるかのような夜の海辺が、作品全体に独特のムードを漂わせているのです。
二〇一五年七月に講談社ノベルスの一冊として刊行されたとき、赤川さんはこんな言葉を寄せていました。

　恋人を殺した男が、死に場所を求めて、小さな入江のある故郷へ帰ってくる。この冒頭は古いフランス映画「美しい小さな入江」の記憶である（この設定以外は、いつもの佐々本三姉妹の大活躍だ）。もうすぐ作家生活四十周年。創作活動を支えてくれた数々の名作への感謝をこめたタイトルである。

映画といえば、『三姉妹と忘れじの面影《おもかげ》　三姉妹探偵団22』は、一九四八年に製作され、一九五四年に日本で公開されたアメリカ映画『忘れじの面影』にインスパイアされた作品でした。赤川作品のバックボーンとなってきたシュテファン・ツヴァイクの小説「未知の女の手紙」が原作です。

『三姉妹、舞踏会への招待　三姉妹探偵団23』は、一九三七年に製作され、翌年に日本で公開されたフランス映画の『舞踏会の手帖』とオーバーラップしていました。初めて舞踏会に出たとき手帖に記したダンスの相手を、主人公が訪ねていきます。

『三人姉妹殺人事件　三姉妹探偵団24』は映画ではなく、アントン・チェーホフの戯曲『三人姉妹』（一九〇一年初演）がモチーフでしたが、それにつづく本書では再び映画の世界に戻っています。

その映画は一九四八年に製作された“Une Si Jolie Petite Plage”です。なんと日本で劇場公開されたのは五十年以上経った一九九九年でした（その時のタイトルは『美しき小さな浜辺』）。主演は『肉体の悪魔』（一九四七）で二枚目俳優としての人気を確実なものにしたばかりのジェラール・フィリップです。

海辺のホテルと、季節によっては保養地として賑《にぎ》わうのに今は寂しい砂浜と、人影があまりない街が舞台です。白黒映画だからこそ強調されるのでしょうか、降りしきる雨が主人公の青年のやるせない思いを際立たせていきます。その地は青年にとっていわば故郷ですが、孤児だった彼には、けっして懐かしい地ではありません。かつての自分と同じ境遇の少年を前にして、自身の行いを悔いる青年の繊細な心が雨の浜辺に投影されていきます。

赤川さんの創作活動のベースに映画があるのはいまさら言うまでもないでしょう。そもそも、作家を目指したことなどなく、高校時代に憧《あこが》れていたのはじつは映画監督だったのです。『三毛猫ホームズの青春ノート』（一九八四　加筆して『本は楽しい――僕の自伝的読書ノート』に収録）にはこう書かれています。

仕事として憧れたのは、むしろ映画監督でした。中学三年生のとき、『アラビアのロレンス』で、映画に対する目を開かれて以来、イギリス映画、フランス映画を中心に、名画座通いを始めます。

高校三年生の夏といえば受験勉強も佳境に入っていたはずですが、〝その間も、手帳には補習授業の「補」の字もありません。ひたすらTVで見た、古いフランス映画の名作の数々、「リラの門」「港のマリー」「夜ごとの美女」「青い麦」……といったメモが並ぶばかり〟だったそうです。そのせいで受験に失敗した――かどうかの判断を避けますが、たしかにまだ衛星放送やネット配信がない時代、テレビでは古い映画をよく放送していました。

もっとも、何十人、何百人というスタッフや俳優を使うような仕事はできないと、映画監督は諦《あきら》めたようです。一方、小説なら紙とペンだけでいくらでも書けます。高校時代には原稿用紙にして千五百枚くらいの中世ロマンやパリの上流階級を舞台にした恋愛小説を書いたそうですが、社会人となっても小説を書きつづけ、一九七六年に「幽霊列車」でデビューしました。そして青春時代のエピソードを知ったならば、創作活動のなかで小説と映画をコラボレーションしたものがいくつもあるのは納得できるでしょう。

まずは〈懐《なつか》しの名画〉シリーズです。名作のタイトルをモチーフにした短編集で、これまで『血とバラ』、『悪魔のような女』、『埋もれた青春』、『明日なき十代』の四冊がまとめられています。

そこで取り上げられていた映画すべてを紹介する余裕はありませんが、表題作だけ紹介しておきますと、『血とバラ』は一九六〇年製作の吸血鬼伝説をベースしたフランスとイタリアの合作、『悪魔のような女』はアンリ・ジョルジュ・クルーゾー監督による一九五五年製作のサスペンス、『埋もれた青春』は一九五四年製作の裁判が絡《から》んだ恋愛もの、『明日なき十代』は一九六〇年にアメリカで製作されたミステリー……と、たしかに懐かしい作品ばかりです。

『ふしぎな名画座』でも懐かしい映画が奇妙な地下の映画館で上映されています。それに刺激された人たちを描いた連作でした。『試写室25時』は〈何でもやる商会〉を始めた四人の男女のてんやわんやの物語ですが、名画のエッセンスがそこかしこにちりばめられています。
その他、映画に関連していると思われる作品のタイトルを拾ってみると、『探偵物語』、『風と共に散りぬ』、『忘れな草』、『恐怖の報酬』、今野《こんの》夫妻シリーズの『泥棒に手を出すな』、『盗みとバラの日々』、『泥棒桟敷《さじき》の人々』など、映画に詳しくない身にはとてもチェックしきれないのですが、古いフランス映画が重要なキーワードであるのは間違いありません。
やはり『三毛猫ホームズの青春ノート』にこう書かれています。

　でも、僕の青春が「灰色」ならぬ「黒と白」で出来ていたのは事実で——つまり活字の黒と紙の白、それに、TVで見た古いフランス映画の白黒の画面です——それが、今の僕を支えてくれています。それこそ恋も放浪もない、単調な日々でしたが、その分を想像力で補って来た、というのが現実でした。

そして、〝僕が小説の中で「ふるさと」のイメージを描こうとすると、ついこのフランス映画の田園風景になってしまう〟（幻のふるさと）とのことですが、この『三姉妹、さびしい入江の歌　三姉妹探偵団25』はまさに白黒のフランス映画が目に浮かぶ作品なのです。

かつて〈ホテル犬丸〉で一緒に働いていた徳田《とくだ》勇一《ゆういち》が佐知子の前に現れます。同じ孤児として苦労した仲だけに、佐知子は好意を隠しはしません。佐知子を女将に抜擢《ばってき》した実業家の大杉《おおすぎ》やその秘書の吉川《よしかわ》、〈ホテル犬丸〉の前の女将やその息子など、錯綜《さくそう》する人間関係のなかに死が忍び寄り、新たな犯罪が佐々本三姉妹を戸惑わせるのでした。そして、国友刑事が追っていた〈白浜〉はどこに？

本書が刊行された翌年、二〇一六年に赤川さんは作家活動四十周年という大きな節目を迎え、『東京零年《ゼロ》』で第五十回吉川英治文学賞を受賞しました。二〇一七年三月にはオリジナル著書が六百冊に到達しています。その二〇一七年には、映画のスクリプターを主人公にした新シリーズが『キネマの天使　レンズの奥の殺人者』でスタートしました。赤川作品と映画との絆《きずな》はますます深まることになりそうです。

本書は二〇一五年七月に講談社ノベルスとして刊行されました。

|著者|赤川次郎　1948年福岡県生まれ。'76年に『幽霊列車』でオール讀物推理小説新人賞を受賞しデビュー。「四文字熟語」「三姉妹探偵団」「三毛猫ホームズ」など、多数の人気シリーズがある。クラシック音楽に造詣が深く、芝居、文楽、映画などの鑑賞も楽しみ。2006年、長年のミステリー界への貢献により、第9回日本ミステリー文学大賞を受賞。2016年に『東京零年《ゼロ》』で第50回吉川英治文学賞受賞。2017年には著作が600冊に達した。

三姉妹《さんしまい》、さびしい入江《いりえ》の歌《うた》　三姉妹探偵団《さんしまいたんていだん》25

赤川次郎《あかがわじろう》

講談社文庫

定価はカバーに
表示してあります

2018年7月13日第1刷発行

発行者——渡瀬昌彦
発行所——株式会社　講談社
東京都文京区音羽2-12-21　〒112-8001
電話　出版（03）5395-3510
　　　販売（03）5395-5817
　　　業務（03）5395-3615

デザイン—菊地信義
本文データ制作—講談社デジタル製作
印刷———株式会社KPSプロダクツ
製本———株式会社国宝社

Printed in Japan

ISBN978-4-06-293918-8

講談社文庫刊行の辞

二十一世紀の到来を目睫に望みながら、われわれはいま、人類史上かつて例を見ない巨大な転換期をむかえようとしている。

世界も、日本も、激動の予兆に対する期待とおののきを内に蔵して、未知の時代に歩み入ろうとしている。このときにあたり、創業の人野間清治の「ナショナル・エデュケイター」への志を現代に甦らせようと意図して、われわれはここに古今の文芸作品はいうまでもなく、ひろく人文・社会・自然の諸科学から東西の名著を網羅する、新しい綜合文庫の発刊を決意した。

激動の転換期はまた断絶の時代である。われわれは戦後二十五年間の出版文化のありかたへの深い反省をこめて、この断絶の時代にあえて人間的な持続を求めようとする。いたずらに浮薄な商業主義のあだ花を追い求めることなく、長期にわたって良書に生命をあたえようとつとめるところにしか、今後の出版文化の真の繁栄はあり得ないと信じるからである。

同時にわれわれはこの綜合文庫の刊行を通じて、人文・社会・自然の諸科学が、結局人間の学にほかならないことを立証しようと願っている。かつて知識とは、「汝自身を知る」ことにつきていた。現代社会の瑣末な情報の氾濫のなかから、力強い知識の源泉を掘り起し、技術文明のただなかに、生きた人間の姿を復活させること。それこそわれわれの切なる希求である。

われわれは権威に盲従せず、俗流に媚びることなく、渾然一体となって日本の「草の根」をかたちづくる若く新しい世代の人々に、心をこめてこの新しい綜合文庫をおくり届けたい。それは知識の泉であるとともに感受性のふるさとであり、もっとも有機的に組織され、社会に開かれた万人のための大学をめざしている。大方の支援と協力を衷心より切望してやまない。

一九七一年七月

野間省一

講談社文庫 最新刊

西尾維新
掟上《おきてがみ》今日子《きょうこ》の備忘録
彼女の記憶は一日限り。僕らの探偵が、事件解決を急ぐ理由《ワケ》。「忘却探偵シリーズ」第一弾！

青柳碧人
浜村渚の計算ノート　8と2分の1さつめ
〈つるかめ家の一族〉
莫大な遺産を巡る相続争いが血の雨を降らせる！　旧家の因縁を、浜村渚が数字で解く！

井上真偽
聖女の毒杯
〈その可能性はすでに考えた〉
不可解な連続毒殺事件の謎に奇蹟を信じる探偵が挑む。ミステリ・ランキング席巻の話題作！

赤川次郎
三姉妹、さびしい入江の歌
〈三姉妹探偵団25〉
海辺の温泉への小旅行。楽しい休暇のはずが殺人事件発生。佐々本三姉妹大活躍の人気シリーズ！

鳥羽亮
鶴亀横丁の風来坊
浅草西仲町の貧乏横丁で、今宵も面倒な揉め事が。待望の新シリーズ！〈文庫書下ろし〉

筒井康隆
読書の極意と掟
作家・筒井康隆、誕生の秘密。小説界の巨人が惜しげもなく開陳した、自伝的読書遍歴。

山本周五郎
戦国武士道物語　死《し》處《しょ》
〈山本周五郎コレクション〉
77年ぶりに発見された原稿、未発表作「死處」収録。戦国を舞台に描く全篇傑作小説集。

富樫倫太郎
風の如く
〈高杉晋作篇〉
松陰《しょういん》、玄瑞《げんずい》ら志半ばで散った仲間たちの思い。長州の命運は、この男の決断に懸けられた！